Le Clan des Sept à la Grange-aux-Loups

L'ÉDITION ORIGINALE DE CET OUVRAGE A PARU EN LANGUE ANGLAISE CHEZ HODDER & STOUGHTON, LONDRES, SOUS LE TITRE :

SECRET SEVEN ON THE TRAIL

Traduction revue par Rosalind Elland-Goldsmith.

Hachette Livre, 43, quai de Grenelle, 75015 Paris.

Enid Blyton™

Le Clan des Sept à la Grange-aux-Loups

Illustrations
Edith

hachette
JEUNESSE

PIERRE

C'est l'aîné du Clan des Sept, et son chef incontesté ! Pour qu'on le respecte, il fait preuve de courage et n'hésite pas à se montrer autoritaire… un peu trop parfois !

JEANNETTE

C'est la petite sœur de Pierre. La preuve : elle est aussi débrouillarde que lui ! Ensemble, ils ont fondé le Clan des Sept.

COLIN

Malgré sa maladresse légendaire et son tempérament brouillon, Colin est un ami fidèle, toujours prêt à rendre service.

JACQUES

Tout serait plus simple pour ce doux rêveur, si sa sœur Suzie ne l'embêtait pas sans arrêt... Heureusement, ses amis du Clan l'aident à déjouer les mauvais tours de cette inlassable chipie !

GEORGES

Le plus discret des garçons,
mais il adore jouer les détectives.
Pour rien au monde,
il ne manquerait une aventure
du Clan des Sept !

PAM

Face aux pires dangers,
elle sait garder son calme.
Une seule chose la rend folle
de colère : quand on l'appelle
« Pamela », son vrai prénom
qu'elle déteste !

BABETTE

La plus jeune du Clan, mais certainement pas la moins courageuse !

MOUSTIQUE

Toute la bande adore l'épagneul de Pierre et Jeannette. Pas de doute, Moustique est la mascotte du Clan des Sept !

chapitre 1

Dernière réunion du Clan

— Maman, on pourrait avoir quelque chose à manger, s'il te plaît ? demande Jeannette.

— À manger ? Mais tu viens à peine de finir ton petit déjeuner ! Ton frère et toi, vous avez même englouti le pot de confiture que je comptais garder pour demain. Ne me dis pas que tu as déjà l'estomac vide !

— C'est qu'on attend les autres membres du Clan, ce matin. On doit se retrouver dans la cabane pour la dernière fois des vacances. On a décidé de supprimer les réunions maintenant qu'on va retourner en classe, puis-

qu'il ne se passe jamais rien d'extraordinaire pendant l'année scolaire.

— Le célèbre Clan des Sept, ainsi nommé parce qu'il compte sept membres, pas un de moins, pas un de plus, reprendra ses activités à Noël, débite Pierre dans un seul souffle. Pas vrai, mon vieux Moustique ?

L'épagneul roux appelé Moustique agite la queue avec ardeur et lance un bref aboiement.

— Il dit qu'il espère pouvoir assister lui aussi à notre dernière réunion ! s'écrie Jeannette. Oui, Moustique, tu y es cordialement invité.

— N'importe quoi ! réplique Pierre en riant. Tu traduis très mal le langage chien. Il dit qu'il sera très content de se joindre à nous s'il y a quelque chose à manger.

— Ouah ! acquiesce Moustique en posant la patte sur le genou de Pierre.

— Prenez des citrons et du sucre, mes enfants, et faites vous-mêmes votre citronnade, dit la mère de Pierre et de Jeannette. Cela vous va ? Regardez aussi dans le buffet. Il doit rester des biscuits au fond de la grande boîte en fer. Ils commencent à être un peu durs, mais vous avez de bonnes dents, je pense.

— Oh ! Oui, merci beaucoup, maman, répond Jeannette. Vite, Pierre, dépêchons-nous de tout préparer, parce que les autres ne tarderont pas à arriver.

Ils courent dans la cuisine, Moustique sur leurs talons. Des biscuits ! Enfants et épagneul s'en régalent toujours, que les biscuits soient durs ou chauds sortis du four.

Jeannette choisit quatre gros citrons et met du sucre en poudre dans un bol. Pierre vide la boîte de biscuits dans un plat et, suivis de Moustique, ils se dirigent vers la vieille cabane, au fond du jardin. Jeannette a emporté le presse-citron et une grande cruche pleine d'eau. Elle adore faire de la citronnade. C'est très amusant.

Ils ouvrent la porte de la cabane. Sur le battant sont peintes en vert les initiales de leur société secrète, *C. 7.* pour « Clan des Sept ».

— Notre Clan est fondé depuis déjà pas mal de temps, déclare Jeannette en pressant un citron, mais je n'en suis pas encore fatiguée. Et toi, Pierre ?

— Moi non plus, évidemment ! Rappelle-toi un peu toutes les aventures qu'on a eues. On ne s'est pas ennuyés un seul instant. Seulement, je crois qu'il vaut mieux arrêter de nous réunir jusqu'à Noël. Les jours commencent à raccourcir et on sera obligés de rester à la maison.

— Très juste. Si on est blottis au coin du feu, il y a peu de chances pour qu'on découvre quelque chose d'extraordinaire. Moustique, laisse cette écorce de citron, tu n'aimeras pas ça, grosse bête ! Lâche-la.

Moustique obéit. Jeannette a raison : il n'aime pas cela du tout. Il agite sa langue rose d'un air dégoûté. Pierre regarde sa montre.

— C'est presque l'heure de notre rendez-vous, constate-t-il. J'espère que les autres accepteront de suspendre nos activités jusqu'à Noël. On devrait leur demander leur badge, pour le mettre en lieu sûr. Sinon ils risquent de le perdre.

— Ou la sœur de Jacques s'en emparera, ajoute Jeannette. Comment elle s'appelle déjà ? Ah ! oui : Suzie ! Tu es content d'avoir une sœur qui ne t'embête pas comme Suzie ?

— Oh ! Tu sais bien te montrer agaçante quand tu veux, toi aussi, réplique Pierre qui reçoit aussitôt, en plein dans l'œil, du jus de citron lancé par une Jeannette justement irritée. Arrête, Jeannette, ça pique horriblement. Arrête, je te dis !

Jeannette dépose ses armes en déclarant :

— Tu as raison, inutile de gâcher ce bon jus de citron. Tiens, en voilà déjà un.

Moustique aboie comme un membre du Clan frappe à la porte.

— Mot de passe ? crie Pierre.

Il n'ouvre pas avant d'avoir entendu le mot de passe, c'est la règle.

— Oignons frits ! répond une voix de fille qui se met aussitôt à rire.

Car tel est le dernier mot de passe adopté par les Sept. Il a été proposé par Colin, dont la mère préparait une omelette à l'oignon lors de leur dernière réunion. Ils en ont tous ri. Pierre a décidé de le prendre jusqu'à ce qu'ils en trouvent un meilleur.

— Tu as ton badge ? demande Pierre en ouvrant la porte.

Plantée au milieu du sentier, Babette montre fièrement un beau badge flambant neuf.

— L'autre s'était tellement sali que j'ai préféré en fabriquer un neuf, explique-t-elle.

— Tu as bien fait. Entre. Ah ! En voilà encore trois.

Il referme la porte derrière Babette qui va s'asseoir sur une caisse renversée auprès de

Jeannette et la regarde préparer sa citronnade. Pan-pan-pan !

Moustique jappe en écho.

— Mot de passe ? crient en chœur Pierre, Jeannette et Babette.

— Oignons frits ! hurlent les arrivants.

Pierre leur livre passage d'un air furieux.

— Combien de fois faut-il donc vous répéter de ne pas crier si fort ? rouspète-t-il. Maintenant tout le voisinage va connaître notre mot de passe.

— C'est vous qui avez commencé en criant, réplique Jacques. D'ailleurs, il n'y a qu'à en choisir un nouveau. (Il jette un coup d'œil en coin à Georges qui se trouve à côté de lui.) Georges croyait que c'était « Rognons cuits ». On a été obligés de lui dire que ce n'était pas du tout ça.

— Quel étourdi ! Georges, tu...

Et Pierre s'interrompt, car on frappe de nouveau. Moustique gronde tout bas.

— Mot de passe ? demande Pierre.

— Oignons frits ! (C'est la voix de sa mère.) Drôle de mot de passe, reprend-elle en riant. Je vous apporte des berlingots que je viens de faire, pour vous réconforter pendant que vous tenez votre dernière réunion.

— Mille mercis, maman ! s'écrie Jeannette en soulevant le loquet.

Elle prend les berlingots qu'elle passe à son frère. Après le départ de leur mère, Pierre jette à la ronde un coup d'œil fort sombre.

— Vous voyez ? Heureusement, c'est ma mère qui a entendu le mot de passe, mais n'importe qui aurait bien pu se trouver là en même temps. Enfin, tant pis ! Qui n'est pas venu aujourd'hui ?

— Il y a toi, moi, Georges, Jacques, Babette et Pam, récapitule Jeannette. C'est Colin qui manque. Ah ! Justement, le voilà.

Pan-pan-pan ! Moustique aboie en guise de bonjour. Il connaît bien tous les membres du Clan. Colin donne le mot de passe et est introduit dans la cabane.

Le Clan est au complet.

— Bien, fait Pierre. Assieds-toi, Colin. On s'occupera d'affaires sérieuses dès que Jeannette nous aura servi la citronnade. Dépêche-toi, Jeannette !

chapitre 2

Pas avant les vacances de Noël ?

Jeannette remplit les verres de citronnade tandis que Pierre offre les biscuits à la ronde.

— Ils sont un peu durs, mais ils ont encore très bon goût, constate-t-il. Prenez-en deux chacun. Il en restera un pour Moustique. Désolé, mon vieux Moustique, mais tu ne fais pas vraiment partie du Clan. Si c'était le cas, tu aurais eu deux biscuits, toi aussi.

— Impossible ! s'écrie Jacques. Il n'y a que quinze biscuits. Mais je considère quand même Moustique comme un des nôtres.

— Tu ne devrais pas. Ce ne serait plus le Clan des Sept si on comptait Moustique, mais le Clan des Huit. Ce qui n'empêche pas de l'accueillir parmi nous avec joie. Cela dit, écoutez... on se réunit aujourd'hui pour la dernière fois et...

Les exclamations de surprise qui fusent interrompent Pierre.

— La dernière réunion ? Qu'est-ce qui se passe ?

— La dernière fois ? Tu veux dissoudre le Clan ?

— Oh ! Non, Pierre, tu ne peux pas...

— Laissez-moi vous expliquer. Le Clan ne se rassemblera plus avant les vacances de Noël. On rentre en classe après-demain. Il n'arrive jamais rien pendant le trimestre scolaire, vous le savez bien ; d'ailleurs, on sera trop occupés pour aller courir à la recherche d'aventures. Du coup...

— Il pourrait quand même se produire quelque chose, remarque Colin. Moi, je trouve dommage d'abandonner le Clan à cause de la rentrée. Voilà mon avis !

— C'est le mien aussi, ajoute Pam. J'aime porter mon badge et avoir un mot de passe.

— Vous pouvez tous continuer à porter vos badges, puisque ça vous amuse, reprend Pierre. Même si j'avais pensé vous les demander pour les mettre en lieu sûr jusqu'à Noël.

— Je garde le mien, déclare Jacques d'un ton ferme. N'aie pas peur, je ne laisserai pas ma sœur Suzie mettre la main dessus. J'ai déniché une cachette à toute épreuve.

— Et imagine, imagine seulement qu'il se passe quelque chose, renchérit Colin. Imagine que l'un d'entre nous découvre des faits bizarres, des choses qui nécessitent une explication. Qu'est-ce qu'on fera si le Clan des Sept est dissous jusqu'à Noël ?

— Il n'arrive jamais rien pendant qu'on est en classe, répète Pierre qui adore avoir le dernier mot. D'autre part, il faut que je travaille très sérieusement. Papa n'était pas content du tout quand je lui ai montré mon bulletin scolaire en juillet dernier.

— Parfait, réplique Colin.

— Travaille dur et ne t'occupe pas du Clan pendant le premier trimestre, dit Jacques, je m'en chargerai avec Jeannette. Ce sera le Clan des Six jusqu'à Noël.

Cette solution ne plaît pas vraiment à Pierre. Il réfléchit en fronçant les sourcils, puis déclare :

— Non, je reste chef du Clan. Mais puisque personne n'est d'accord avec moi, voici ce que je vous propose : plus de réunions régulières, comme on en a eu jusqu'à présent, à date fixe, mais seulement convocation s'il y a une urgence. Vous verrez que j'avais raison... il ne se passera rien de sensationnel.

— En résumé, on garde nos badges, on choisit un mot de passe et on reste groupés en Clan même s'il n'y a pas d'aventure, sachant qu'on se mettra en mouvement dès qu'on aura une piste intéressante ? résume Colin.

— Oui ! s'écrient les autres en chœur, la tête tournée vers Pierre.

Ils sont heureux de faire partie du Clan des Sept. Cela leur donne de l'importance, même quand le Clan ne se trouve plongé dans aucune aventure.

— Affaire réglée, conclut Pierre. Maintenant, que penseriez-vous d'un nouveau mot de passe ? Quelqu'un a une idée ?

Le silence règne pendant un moment. Jacques regarde Moustique qui a l'air de chercher lui aussi.

— Pourquoi ne pas prendre le nom du chien ? suggère-t-il. « Moustique » ne serait pas mal, comme mot de passe.

— Ne crois pas ça, réplique Jeannette. Chaque fois que l'un d'entre nous le dirait, Moustique s'imaginerait qu'on l'appelle.

— Alors le nom de mon chien à moi, propose Pam. « Vagabond », ça vous irait ?

— Non, plutôt le nom du chien de ma tante, reprend Jacques. « Charlie-Filou », c'est facile à retenir.

— Charlie-Filou ? Oui, d'accord. Personne ne se doutera que c'est un mot de passe, dit Pierre. Entendu pour Charlie-Filou.

L'assiette de biscuits repasse de main en main. Moustique la contemple d'un œil humide et gourmand. Il a déjà eu sa part, mais Pam a pitié de lui et lui offre la moitié de son biscuit. Babette l'imite.

Moustique s'approche ensuite de Jacques avec une mine triste à attendrir un cœur de pierre, Jacques lui tend aussitôt un gros morceau de biscuit.

— Finalement Moustique aura eu plus de biscuits que nous, membres réguliers du Clan, fait remarquer Pierre. Il va bientôt croire qu'on le nommera chef de notre bande.

— Pouah ! fait Moustique en agitant la queue et en examinant de plus près le biscuit de Pierre.

Il n'y a plus une goutte de citronnade. Les miettes de gâteaux se sont envolées dans l'estomac de Moustique. Le soleil est sorti des nuages et illumine l'intérieur de la cabane.

— En route, mes amis, allons jouer dehors, décide Pierre en se levant. Demain, c'est la rentrée ! On a eu de bien belles vacances. Vous vous souvenez tous du mot de passe ? Bon. Vous n'en aurez probablement pas besoin d'ici à Noël, aussi arrangez-vous pour ne pas l'oublier entre-temps. On se réunira le premier jour des vacances.

— Je parie qu'on sera convoqués plus tôt, dit Georges.

— On verra bien, réplique Pierre. En attendant, ramassons des pommes de pin pour faire un feu de joie. Viens vite, Moustique, tu peux nous aider si le cœur t'en dit !

chapitre 3

Le « Club des Cinq »

Le surlendemain, cartable sur le dos, filles et garçons se rendent en classe. Tous et toutes portent leur badge du Clan. Les deux initiales *C. 7.* inscrites sur un bouton. Ils sont enchantés de voir les autres enfants les regarder avec envie : leurs amis voudraient bien avoir ce badge, eux aussi.

— Impossible, répond Jeannette à qui ils demandent d'être admis. Notre société est secrète. Je ne devrais même pas en parler.

— Pourquoi ne pas admettre de nouveaux membres ?

— Parce qu'on ne peut pas être plus de sept dans notre Clan. Et on est juste sept pour l'instant. Vous n'avez qu'à fonder une société secrète de votre côté.

Parole malheureuse ! Catherine et Suzie – la trop taquine sœur de Jacques – suivent sur-le-champ le conseil de Jeannette. Ce qui l'ennuie beaucoup !

Elles s'associent avec Henri, Jean et Paul. Et chacun d'eux vient en classe avec un beau badge flambant neuf.

Deux lettres sont brodées sur leur bouton. Non pas *C. 7.*, bien entendu, mais *C. 5.* Tous les élèves s'attroupent pour savoir ce que cela peut signifier.

— C. 5. veut dire « Club des Cinq », explique Suzie. On a choisi ce nom en hommage aux fameux héros qui ont tant de belles aventures. C'est beaucoup mieux que « Clan des Sept » !

Suzie se montre très ennuyeuse pour le pauvre Jacques.

— Ta société secrète n'est rien à côté de la nôtre, répète-t-elle. Nos badges sont plus grands... On a un mot de passe absolument génial, que je n'ai pas la moindre intention de te donner, sans compter un signe de ralliement. Vous n'en avez pas, vous, dans votre Clan ?

— Qu'est-ce que c'est, ce fameux signe de ralliement ? demande Jacques, furieux. Je ne te l'ai jamais vu faire.

— Évidemment que non, puisque c'est un signe secret.

— Je ne te crois pas. Tu n'as fait que nous copier, ce n'est pas malin. Tu as volé notre idée. Je trouve que tu n'es pas gentille.

— Ça t'apprendra à m'empêcher de faire partie du Clan des Sept ! réplique Suzie. Maintenant je suis membre du Club des Cinq... On est déjà en pleine aventure mirifique, je te le dis tout de suite.

Jacques se demande s'il faut ou non la croire. À son avis, Suzie est bien la fille la plus agaçante ! Il préférerait avoir pour sœur quelqu'un comme Jeannette. Il court raconter à Pierre ce que Suzie vient de lui apprendre.

— Ne t'occupe donc pas d'elle, lui conseille Pierre. D'abord, ils n'ont pas le droit de s'appeler Club des Cinq ! Il en existe déjà un. Bah ! Ils seront vite fatigués de jouer à la société secrète.

Mais le « Club des Cinq » poursuit ouvertement son existence au grand dam du Clan des Sept. Les membres du Club n'arrivent jamais en classe sans leur grand badge. Catherine et Suzie passent toutes leurs récréations à chuchoter avec animation comme si – vraiment – elles discutaient d'une aventure en cours.

Henri, Jean et Paul en font autant sous le nez de Pierre, Colin, Jacques et Georges qui enragent ferme. Les Cinq se réunissent dans la serre, au fond du jardin de Jacques.

Suzie va même jusqu'à interdire à son frère l'accès du jardin pendant les réunions.

— À l'entendre, je n'ai plus le droit de pénétrer dans mon propre jardin ! s'exclame Jacques qui en discute avec Pierre. Mais, tu sais, je crois qu'ils sont sur une piste intéressante. Ce serait terrible s'ils avaient une aventure, tandis qu'on resterait, nous, à se croiser les bras, tu ne trouves pas ? Suzie en éclaterait d'orgueil.

Pierre réfléchit.

— Eh bien, tâche de découvrir ce qu'ils fabriquent, dit-il finalement. Après tout, ils nous ont volé notre idée, et ils ne font ce manège que pour nous embêter. Oui, c'est ça, Jacques, arrange-toi pour savoir ce qu'ils manigancent, c'est de bonne guerre. Et on tâchera de leur couper l'herbe sous le pied si vraiment ils ont déniché une aventure.

Sachant par Suzie elle-même que les Cinq ont rendez-vous tous les mercredis après-midis, Jacques se glisse le long de la serre le mercredi suivant. Malheureusement, Suzie se trouve à la fenêtre de sa chambre juste à ce moment-là, et elle voit son frère se faufiler entre les branches du buisson de laurier. Elle esquisse un geste de fureur, puis se ravise et sourit. Elle descend l'escalier quatre à quatre pour accueillir ses camarades à la barrière du jardin au lieu de les laisser venir directement à la serre.

Ils arrivent tous ensemble ; Suzie leur explique à voix basse ce qui se passe :

— Jacques essaie de savoir ce qu'on fait. Il s'est caché dans le laurier, derrière la serre, pour écouter ce qu'on dira.

— Je vais le sortir de là ! s'écrie Henri.

— Non, écoutez, j'ai une meilleure idée. Allons à la serre, donnons le mot de passe très bas pour qu'il ne l'entende pas, et discutons ensuite exactement comme si on avait découvert quelque chose de sensationnel.

— Pourquoi ? questionne Catherine.

— Tu ne comprends donc pas que Jacques avalera toutes les bêtises qu'on débitera ?... et que, si on parle, par exemple, de la vieille maison de la colline, tu sais, la Grange-aux-Loups, eh bien, il le dira aux Sept et...

— Et ils s'y précipiteront pour fouiller la maison et feront chou blanc ! complète Catherine en éclatant de rire. Tu as une idée formidable.

— Oui. On inventera aussi des noms : Dick le Boiteux, et Thomas le Bossu... et Jacques pensera qu'on est en plein dans une grande aventure, conclut Suzie.

— On pourrait aller attendre les Sept à la Grange-aux-Loups pour se moquer d'eux, ajoute Jean en souriant. Courons vite à la serre, Suzie. Jacques risque de se demander pourquoi on est en retard.

— Que personne ne rie, surtout, recommande Suzie. Soyez toujours d'accord avec moi et restez aussi sérieux que possible. Je vais à la serre la première. Vous m'y rejoindrez les uns après les autres. N'oubliez pas de chuchoter le mot de passe, il ne faut pas que Jacques l'entende.

Elle dévale l'allée du jardin jusqu'à la serre. En passant, elle voit du coin de l'œil le buisson où le pauvre Jacques est accroupi très inconfortablement. Suzie rit sous cape. Ha ! ha ! ha ! Elle a imaginé une belle revanche sur son frère qui n'a pas voulu l'admettre dans son Clan !

Les quatre autres « Cinq » arrivent en file indienne. Ils murmurent le mot de passe, au grand dépit de Jacques. Il aimerait bien pouvoir le dire à son propre Clan. Mais il est incapable de saisir la moindre syllabe.

En revanche, il peut entendre tout ce qu'il veut lorsque la réunion commence. Ce qui n'a rien de difficile étant donné que les Cinq parlent à tue-tête. Jacques ne se doute évidemment pas qu'ils le font exprès, pour qu'il ne perde pas un mot de la discussion.

Il est littéralement stupéfait. Oui, les Cinq paraissent être au beau milieu d'une aventure extraordinaire !

chapitre 4
La parole est à Suzie !

Suzie mène le jeu. Elle a la langue bien pendue, et de plus, elle est décidée à comploter contre Jacques autant qu'elle le peut.

— J'ai découvert l'endroit où les bandits se réunissent, explique-t-elle. C'est très important, alors écoutez-moi attentivement. J'ai enfin réussi à les pister jusqu'au bout.

Jacques est tout oreilles sous son laurier. Il a du mal à croire ce qu'il entend.

— Raconte vite, Suzie ! lance aussitôt Henri, jouant le jeu à la perfection.

— C'est à la Grange-aux-Loups, poursuit Suzie qui s'amuse follement. Vous connaissez ? La vieille maison abandonnée, au sommet de la colline, une bâtisse en ruine qui convient parfaitement à un rendez-vous de brigands. Elle se trouve loin de tout.

— Ah ! oui, je vois où elle est, dit Jean.

— Eh bien, Dick le Boiteux et Thomas le Bossu y viendront tous les deux, conclut Suzie.

Des « Oh ! » et des « Ah ! » fusent dans la serre et Jacques, sous son buisson, réprime juste à temps son envie de crier « Oh ! » lui aussi.

Pas possible ! Thomas le Bossu... et Dick le Boiteux. Quel secret ont donc surpris les Cinq ?

Suzie reprend à voix plus haute pour être sûre d'être bien entendue par Jacques :

— Ils méditent un projet qu'il nous faut découvrir. À nous de nous débrouiller. Je propose qu'un ou deux d'entre nous, oui, deux plutôt, se rendent à cette Grange et s'y cachent au jour dit.

— J'irai avec toi, Suzie, propose Jean aussitôt.

Ce qui étonne énormément Jacques. Jean est un garçon très timide, pas du tout le genre à se cacher dans un lieu aussi désert que la Grange-aux-Loups. L'émissaire du Clan des Sept n'en tend que mieux l'oreille.

— D'accord, on ira ensemble, reprend Suzie. Cette expédition n'est pas sans danger, mais ce n'est pas pour nous faire reculer. On est le vaillant Club des Cinq !

— Hip ! hip ! hip ! hourra ! crient Catherine et Paul.

— Quel jour ? demande Jean.

— Je crois que le rendez-vous est pour mardi soir. Tu seras libre ?

— Oui, répond Jean que l'idée de se rendre là-bas dès la nuit tombée n'aurait même pas effleuré si l'histoire de Suzie était véridique.

Jacques, dans son buisson de laurier, est de plus en plus surpris. Il ne peut s'empêcher de ressentir également une grande admiration pour les Cinq. Ils sont aussi forts que les Sept... Avoir découvert une histoire pareille ! Jacques est ravi d'avoir réussi à entendre leur secret.

Il brûle d'envie de courir raconter à Pierre ce qu'il a appris. Il se demande en même temps comment Suzie a été mise sur cette piste. Ah ! Cette Suzie. C'est bien elle, d'avoir fondé une société secrète et trouvé aussitôt une aventure. Mais la discussion n'est pas terminée dans la serre.

— Qu'est-ce que vous ferez si Dick le Boiteux s'aperçoit que vous êtes là ? interroge Catherine.

— Je l'étendrai sur le carreau ! riposte Jean avec autorité.

Ce qui est nettement exagéré. Même les Cinq ont du mal à imaginer Jean tenant tête à un ennemi ! Catherine pouffe de rire. Ce qui déclenche l'hilarité de Paul, qui hennit plus qu'il ne rit. Suzie fronce les sourcils. Si les Cinq se mettent à pouffer et à hennir, Jacques se rendra compte qu'il y a anguille sous roche. Non, il faut rester sérieux jusqu'au bout.

Elle foudroie son auditoire du regard et chuchote :

— Arrêtez ! Si on commence à rire, Jacques se doutera qu'on lui fait une farce.

— Je ne peux pas... m'en empêcher, réplique entre deux gloussements Catherine qui est célèbre pour ses fous rires interminables. Oh, Paul, ne hennis pas comme ça !

— Chut ! répète Suzie vivement. Vous risquez de tout gâcher. (Et elle élève de nouveau la voix pour être bien entendue par son frère :) Le Club des Cinq peut lever la séance, je n'ai plus rien à vous communiquer. Vous recevrez votre convocation pour notre prochaine réunion en temps utile... Et souvenez-vous : pas un mot à qui que ce soit. La Grange-aux-Loups, c'est notre aventure !

— Je parie que les célèbres Sept seraient enchantés d'être au courant, ajoute Jean d'une voix tout aussi forte. Je me tiens les côtes à l'idée qu'ils ne savent rien.

Il rit à gorge déployée, ce que les autres imitent aussitôt. Catherine pouffe, Paul hennit, Suzie est littéralement pliée en deux et Henri s'étouffe presque. Ils pensent tous à Jacques qui ne perd pas un mot de leur conte à dormir debout, et ils rient de plus belle. Jacques les écoute avec rage. Se moquer des Sept de cette façon... quelle audace !

— Écoutez, notre réunion est terminée, finit par déclarer Suzie. Allons chercher un ballon pour jouer. Je me demande où est mon frère... Il aimerait peut-être se joindre à nous !

Comme ils savent pertinemment où se trouve Jacques, leur hilarité redouble ; ils quittent la serre de très belle humeur. Quelle bonne plaisanterie aux dépens d'un des Sept ! Se précipitera-t-il sur-le-champ pour convoquer les autres membres du Clan ? Les

Sept se rendront-ils tous à la Grange-aux-Loups, mardi, une fois la nuit tombée ?

— Suzie, tu comptes vraiment aller là-bas dans le noir ? questionne Jean dès qu'ils sont hors de portée de voix.

— À dire vrai... j'en ai eu l'intention, mais ce serait idiot. Cette maison est loin, il fait sombre plus tôt maintenant et... les Sept n'iront peut-être pas, alors on n'aura pas l'air malin de nous cacher pour rien dans ces ruines.

— Oui, tu as raison, acquiesce Jean avec soulagement. Mais tu verras bien si Jacques s'esquive en catimini pour y aller, non ? S'il part en reconnaissance mardi, on rira bien.

— Tu l'as dit. J'espère qu'il s'y décidera. Je lui expliquerai le tour qu'on lui a joué quand il rentrera. Il en deviendra vert de colère !

chapitre 5

Jacques donne l'alerte

Jacques surgit de sous son buisson de laurier dès qu'il sait la voie libre et les Cinq dispersés à l'autre bout du jardin. Il a écarté les branches avec précaution, secoué les brindilles collées à sa veste et inspecté les alentours avec une prudence de gibier traqué : il n'y a personne en vue.

Que doit-il faire ? Les renseignements qu'il possède sont-ils assez importants pour réunir d'urgence le Clan ? Non, mieux vaut prévenir d'abord Pierre. Lui décidera s'il faut convoquer ou non les Sept.

En chemin, il rencontre Georges.

— Oh ! Jacques, comme tu parais sombre ! s'écrie ce dernier. Qu'est-ce qui se passe ? On t'a grondé, chez toi, ou quoi ?

— Non, mais j'ai découvert que nos concurrents nagent en pleine aventure. J'ai entendu Suzie en discuter avec les autres dans la serre. J'étais caché dans le buisson de laurier qui pousse tout contre.

— C'est sérieux ? Je veux dire... ta sœur Suzie est la reine des taquines. Il serait peut-être prudent de ne pas croire tout ce qu'elle raconte. Elle est déjà suffisamment vaniteuse comme ça.

— Oui, je sais, mais elle est très maligne. Et nous, on s'est fourrés dans pas mal d'aventures, ne l'oublie pas. Il n'y a aucune raison pour que les Cinq ne tombent pas eux aussi sur quelque chose d'intéressant s'ils ouvrent les yeux et les oreilles au bon moment. Écoute un peu ce que j'ai surpris.

À la fin du récit de Jacques, Georges se montre très impressionné.

— Ça alors ! La Grange-aux-Loups... mais c'est un point de ralliement excellent pour des bandits qui ne tiendraient pas à rencontrer les gens du village. Personne ne va jamais par là. Comment Suzie a-t-elle su les noms de ces hommes ? Oh ! Jacques, ce serait trop rageant si les Cinq découvraient un fait important avant nous.

— C'est bien mon avis. D'autant plus que Suzie est le chef de la bande. Elle essaie toujours de me mener au doigt et à l'œil, alors si jamais sa société secrète de pacotille dépistait un complot, elle me rendrait la vie infernale. Allons trouver Pierre ! Je courais chez lui quand tu m'as appelé.

— D'accord, je t'accompagne. Je suis sûr qu'il jugera cette affaire de première importance. En route !

Ce n'est donc pas un, mais deux garçons à l'air préoccupé qui se dirigent vers la ferme de Pierre et font le tour de la maison pour le rejoindre près du hangar à bois. Il coupe des branches en morceaux pour allumer le feu, sa corvée habituelle du mercredi. Il est ravi de voir Jacques et Georges.

— Tiens ! Bonjour, dit-il en posant sa hachette. Je vais pouvoir me reposer un peu. Casser du bois, c'est amusant cinq minutes, mais pas plus. Ma mère n'aime pas beaucoup que je le fasse, elle a peur que je me coupe un doigt, mais papa est moins craintif et il tient à ce que je prépare mon tas de bois toutes les semaines.

— Pierre, j'ai de grandes nouvelles à t'annoncer.

— Ah ! Ah ! Qu'est-ce que c'est ? Raconte vite.

Et Jacques explique comment il s'est caché dans un buisson de laurier et a ainsi assisté, invisible, à une réunion du prétendu Club des Cinq.

— Ils ont un mot de passe, bien sûr, mais je ne suis pas arrivé à l'entendre. Ensuite, ils ont oublié de parler à voix basse et j'ai tout compris.

Il répète ce qu'il a surpris, mais Pierre n'en croit pas un mot. Il est même d'une incrédulité exaspérante. Il écoute le récit de Jacques jusqu'au bout, puis il renverse la tête en arrière pour rire très fort.

— Oh ! Jacques, ne me dis pas que tu as gobé toutes ces bêtises ? Suzie a dû inventer cette histoire de bout en bout. Voilà à quoi ils s'amusent quand ils se réunissent... Ils font semblant d'être en plein milieu d'une aventure et jouent à s'imaginer intelligents et courageux.

— Mais je t'assure qu'ils avaient l'air très sérieux, insiste Jacques qui commence à être agacé. Et comprends bien : ils ne savaient pas que je les écoutais... ils ne donnaient pas l'impression de jouer la comédie. Et Jean était décidé à partir pour la Grange, mardi soir.

— Jean ? Tu rêves. Ce froussard de Jean ne lèverait pas un doigt de pied pour courir après une souris, tu le sais bien, alors tu le vois prendre en filature ton boiteux ou ton bossu ? On lui ferait traverser la mer Rouge à la nage avant de le décider à pénétrer dans la Grange-aux-Loups quand la nuit est tombée. Ta folle de sœur s'amusait à raconter de pures inventions, comme quand on joue aux Indiens, voilà tout.

— Alors, à ton avis, il est inutile de convoquer le Clan et de charger quelques-uns d'entre nous d'aller là-bas, mardi ? questionne Jacques avec un peu d'humeur.

— Oui, je ne suis pas encore bête au point de croire les idioties de Suzie.

— Mais imagine une seule seconde que les Cinq aillent là-bas et découvrent quelque chose que nous, les Sept, on aurait dû trouver nous-mêmes ? reprend Georges.

— Si Jacques voit Suzie et Jean s'éclipser mardi, une fois la nuit tombée, il n'a qu'à les suivre si le cœur lui en dit, réplique Pierre, toujours hilare. Mais ils auraient bien tort de bouger. Tu verras, Jacques, c'est moi qui aurai raison. Toute cette affaire est de la pure invention.

— Bon ! s'exclame Jacques en se levant. Pas la peine de continuer cette discussion puisque tu ne veux pas démordre de ton idée. Mais tu ne feras pas le fier si tu découvres ensuite que tu aurais quand même dû convoquer le Clan, Pierre. Suzie a beau être insupportable, elle est intelligente, trop même, et je ne serais pas étonné du tout que les Cinq soient lancés sur une aventure qui devrait nous revenir.

Pierre se remet à manier sa hache en affichant toujours un grand sourire supérieur. Jacques s'éloigne sans dire un mot de plus, Georges part avec lui. Ils marchent un moment en silence, puis Georges regarde Jacques d'un air hésitant.

— Pierre paraissait très sûr de lui, dit-il. Il a peut-être raison. C'est lui le chef du Clan... Il faut l'écouter, tu ne penses pas ?

— Écoute, Georges, voilà mon plan. Je verrai bien ce que va faire Suzie mardi. Si elle reste à la maison, je saurai que Pierre avait raison et que cette histoire ne tient pas debout. Mais si elle sort toute seule, ou si Jean passe la chercher, alors ça voudra dire qu'il se prépare quelque chose, et je les suivrai.

— Excellente idée. Je t'accompagnerai, si tu veux.

— L'ennui, c'est que j'ignore à quelle heure ils partiront en admettant qu'ils partent. Il y a une solution : viens dîner à la maison mardi. On pourra suivre Jean et Suzie à la trace s'ils font mine de disparaître. Et s'ils ne bronchent pas, on aura ainsi la preuve que Suzie avait tout inventé... J'adresserai mes excuses les plus plates à Pierre pour m'être montré aussi bête.

— Parfait, dit Georges que cette solution enchante. On ne quittera pas Suzie d'une semelle. Heureusement que je n'ai pas une sœur pareille ! On n'a pas fini de se demander quel tour elle a imaginé.

Quand Jacques arrive chez lui, il se met aussitôt à la recherche de sa mère.

— Maman, questionne-t-il, est-ce que Georges peut venir dîner mardi, s'il te plaît ?

Suzie se trouve là, en train de lire dans un coin... Elle dresse aussitôt l'oreille... et sourit. Elle devine que Jacques et Georges ont décidé de les suivre à la trace, elle et Jean, si... si ! Eh bien, parfait, elle poussera la plaisanterie un peu plus loin.

— Oh ! Ça m'a fait penser, maman ! s'écrie-t-elle. Est-ce que je pourrais inviter aussi Jean, mardi ? C'est assez urgent. Je peux ? Oh ! Merci beaucoup.

chapitre 6

Suzie triomphera-t-elle ?

Quand Jacques entend sa sœur solliciter une invitation à dîner pour Jean, il peine à masquer sa joie.

« Voilà la preuve que j'avais raison, se dit-il. Ils iront ensemble à la Grange-aux-Loups. Pierre s'est trompé. Voyons, mardi, c'est justement le soir où maman doit assister à une réunion... Jean et Suzie pourront partir sans que personne leur pose de question. Et moi aussi ! Ah ! Ah ! ah ! Georges et moi, on ne les lâchera pas d'une semelle, ils peuvent y compter ! »

Jacques en parle à Georges qui est d'accord avec lui : il semble bien y avoir quelque chose de vrai dans tout ce qui s'est dit à la réunion des Cinq.

— On surveillera ta sœur de près et on la suivra comme son ombre, déclare Georges. Elle et Jean feront une drôle de tête quand ils nous découvriront à la Grange ! Il serait prudent de prendre une lampe électrique, sinon on n'y verra pas grand-chose.

— La nuit ne sera pas très noire. Il doit y avoir clair de lune, ce soir-là. Mais tu as raison, il faudra emporter une lampe au cas où il y aurait des nuages.

Suzie raconte à Jean, avec de grands éclats de rire, que son frère a invité Georges à dîner pour le mardi suivant.

— Alors j'ai demandé la permission de t'avoir aussi, ajoute-t-elle. Quand on aura mangé, on se faufilera dehors et on laissera croire qu'on est partis pour la Grange-aux-Loups, mais en réalité on se cachera dans le jardin et, dès que Jacques et Georges auront pris la route, on reviendra jouer. Quand je pense qu'ils feront tout ce chemin pour ne rien trouver qu'une vieille maison en ruine !

— Tant pis pour eux. Je dois reconnaître que je suis très content de ne pas être à leur place. Je n'aimerais pas aller dans cet endroit désert en pleine nuit.

Enfin, c'est mardi. Jean et Georges s'apprêtent à dîner chez Jacques et Suzie. Ils quittent l'école en compagnie de Jacques qui simule un grand étonnement à l'idée que Jean puisse avoir la moindre envie de jouer avec Suzie.

— Tu joueras avec ses poupées ? demande-t-il. À moins que tu ne veuilles repeindre la bergerie ?

Jean devient pourpre.

— J'ai apporté mon train électrique, riposte-t-il, c'est avec ça qu'on jouera.

— Mais il faut des heures pour installer les rails ! s'exclame Jacques, surpris.

— Et alors ? réplique Jean d'un ton rogue.

Puis il se rappelle que ses camarades s'attendent à ce qu'il parte pour la Grange-aux-Loups et, par conséquent, ne croient pas qu'il aura le temps de jouer à un jeu aussi long. Il rit sous cape. Que Jacques se torture un peu les méninges, cela ne lui fera pas de mal !

Ils se mettent à table – très tôt, puisque la mère de Jacques et de Suzie doit sortir de bonne heure – et, après un repas succulent, ils montent dans la salle de jeux. Jean entreprend d'installer les rails. Jacques et Georges aimeraient bien l'aider, mais ils craignent la réaction de Suzie : elle est très capable de leur dire que Jean est « son » invité et qu'ils n'ont donc pas à s'en occuper. Suzie sait être très désagréable quand elle le veut.

Aussi, ils se contentent de se plonger dans la fabrication d'un modèle réduit d'avion, très compliqué d'ailleurs, sans quitter Suzie et Jean du coin de l'œil.

Au bout d'à peine un quart d'heure, la mère de Jacques passe la tête dans l'embrasure de la porte.

— Je m'en vais, les enfants, dit-elle. Jean et Georges, n'oubliez pas de partir quand il sera neuf heures et demie. Et vous deux, Jacques et Suzie, faites votre toilette et couchez-vous, même si je ne suis pas revenue à ce moment-là.

— D'accord maman, répond Jacques. Tu viendras quand même nous dire bonsoir, s'il te plaît ?

Dès que leur mère a disparu, Suzie prend un air mystérieux. Elle cligne de l'œil d'un air entendu à l'adresse de Jean qui lui rend la pareille. Jacques surprend leur manège, bien sûr, comme le souhaitent les deux complices.

Il est aussitôt sur le qui-vive : oui, ces deux-là s'apprêtent à s'esquiver dans la nuit.

— Jean, si on descendait voir la nouvelle horloge qui est en bas ? propose Suzie. Elle a un jaquemart, un petit bonhomme qui surgit tous les quarts d'heure pour frapper sur une enclume. Il est presque le quart, maintenant. Allons le regarder, d'accord ?

— Avec plaisir, répond Jean.

Ils sortent en gloussant et en échangeant des coups de coude.

— Et voilà ! dit Georges. On commence à les suivre tout de suite ?

Jacques se dirige vers la porte.

— Ils sont en bas, dit-il. Ils vont prendre leurs manteaux. Donnons-leur le temps de les enfiler, puis descendons à notre tour quand ils seront sortis de la maison. On entendra bien la porte se refermer, d'ici. Il ne nous faudra pas longtemps pour les rattraper.

Une minute plus tard, ils entendent la porte d'entrée s'ouvrir... puis se refermer très doucement, comme pour ne pas attirer l'attention.

— Tu as entendu ? demande Jacques. Ils n'ont pas fait beaucoup de bruit. En route... on mettra nos manteaux et on les filera d'assez loin pour qu'ils ne nous aperçoivent pas. Mais ils seront bien surpris quand ils arriveront à la Grange-aux-Loups !

Ils s'habillent donc et ouvrent la porte d'entrée. La nuit est très claire car la lune s'est levée. Néanmoins les deux garçons se munissent d'une lampe de poche, au cas où des nuages voileraient la lune un peu plus tard.

Il n'y a pas trace de Jean ni de Suzie.

— Ils ont couru comme des lièvres ! remarque Jacques en refermant la porte derrière lui. Aucune importance, on connaît le chemin.

Ils s'engagent dans l'allée. Cette fois ils n'entendent pas les rires qui fusent tout près d'eux. Jean et Suzie, dissimulés dans les plis des rideaux de la salle à manger, ont observé leur départ par la fenêtre. Ils se tiennent par l'épaule et rient, rient, rient... Quel bon tour ils ont joué aux membres du clan adverse !

chapitre 7

La Grange-aux-Loups

Jacques et Georges sont loin de se douter qu'ils laissent derrière eux Jean et Suzie. Ils s'imaginent bien au contraire que leurs adversaires les ont précédés et se hâtent à ce moment vers la Grange-aux-Loups. Ils se dépêchent donc aussi, mais à leur grande surprise, ils n'aperçoivent personne sur le chemin éclairé faiblement par la lune, si grands que soient leurs efforts pour percer la pénombre.

— Ils ont dû partir en bicyclette ! s'écrie Georges au bout d'un moment. Sinon ils n'auraient jamais pu disparaître si vite. Est-ce que Suzie a un vélo ?

— Oui, je mettrais ma main au feu qu'elle a prêté le mien à Jean. Zut ! Ils arriveront à la Grange des heures avant nous. J'espère que les hommes dont parlait Suzie ne se seront pas dispersés avant qu'on atteigne la maison. J'enragerais si Jean et Suzie surprenaient quelque chose d'intéressant sans qu'on l'entende aussi !

La Grange-aux-Loups se trouve à près de deux kilomètres de là. Elle se dresse sur une colline isolée, en plein milieu d'un bouquet d'arbres. C'est la seule maison restée debout après l'incendie où ont été anéantis les bâtiments d'une ferme dont elle faisait partie. Abandonnée, à demi en ruine, elle sert maintenant de refuge aux vagabonds qui veulent s'abriter de la pluie, aux corneilles qui nichent la nuit dans l'énorme cheminée encore intacte et au gros hibou qui utilise cette même cheminée comme chambre à coucher pendant le jour.

Les enfants du coin y ont joué longtemps, puis on a fini par leur défendre d'y venir, de peur que les murs branlants ne s'écroulent sur leur tête. Jacques et Georges l'ont explorée une fois en compagnie de Pierre, mais un vieux chemineau s'est soudain dressé devant eux et les a invectivés si fort qu'ils ont pris leurs jambes à leur cou et se sont enfuis.

Les deux garçons continuent donc leur chemin. Ils parviennent à la colline et grimpent la route étroite qui conduit à la Grange-aux-Loups. Là encore, ils ne voient pas trace de Jean ni de Suzie. Il est vrai qu'à bicyclette ceux-ci auraient eu largement le temps de monter à la maison et de s'y cacher.

Georges et Jacques atteignent enfin le but de leur voyage. La carcasse de la Grange a un air désolé avec son toit en partie détruit et sa grande cheminée qui pointe vers le ciel nocturne. La lumière voilée de la lune ne l'éclaire que très mal.

— Nous y voilà, murmure Jacques. Essayons de marcher sans faire de bruit pour que Jean et Suzie ne nous entendent pas ou pour ne pas donner l'éveil aux rôdeurs s'ils sont déjà arrivés. Mais tout est bien silencieux... Je crois qu'ils ne sont pas encore là.

Ils avancent dans l'ombre que projette une grande bordure d'ifs et font ainsi le tour de la maison sur la pointe des pieds. Il y a une entrée par-devant et une autre par-derrière, mais les deux portes sont fermées à clef. Heureusement, il est très facile de pénétrer dans la Grange-aux-Loups, car aucune fenêtre n'a de vitres intactes.

Jacques escalade une des ouvertures du rez-de-chaussée. Il sursaute en percevant soudain le bruit d'une fuite précipitée et agrippe si brutalement Georges que celui-ci sursaute à son tour.

— Ne me pince pas comme ça, j'ai failli pousser un hurlement, chuchote Georges. Ce n'était qu'un rat.

— Tiens, qu'est-ce que c'est que ça ?

Ils tendent l'oreille. Quelque chose remue en haut de l'énorme cheminée bâtie le long d'une des parois de la pièce où ils se trouvent.

— C'est peut-être le hibou, dit Georges. Oui, écoute-le ululer.

Un chuintement tremblotant vient de rompre le silence. Mais il ne paraît pas provenir de la cheminée. On dirait qu'il a été émis dehors, dans le jardin envahi par les herbes folles.

Un ululement plus lointain retentit en écho ; cependant, jamais on ne prendrait cet ululement-là pour un vrai cri de hibou. Georges se rapproche de Jacques et lui murmure :

— Jacques, ce cri-là n'est pas poussé par un hibou. Ce sont des hommes qui échangent un signal. Ils ont rendez-vous ici. Je me demande où sont Jean et Suzie.

— Aucune idée. Dissimulés dans une bonne cachette, je pense, répond Jacques qui se sent soudain les genoux quelque peu tremblants. On ferait bien de se cacher aussi. Ces gens-là vont arriver d'une minute à l'autre.

— Qu'est-ce que tu dirais de la cheminée ? Sous le manteau il n'y a pas une bribe de lumière. On ne pourra pas nous voir dans le noir. Dépêche-toi, j'entends marcher près de la fenêtre.

Les deux garçons courent à la cheminée sur la pointe des pieds. Des vagabonds y ont allumé du feu de temps en temps et l'âtre est plein de cendres. Les garçons s'y enfoncent jusqu'à la cheville. Ils osent à peine respirer.

Un faisceau de lumière balaie soudain la pièce. Jacques et Georges se pressent l'un contre l'autre. Ils espèrent être invisibles dans les profondeurs sombres du foyer. Ils perçoivent un bruit d'escalade : quelqu'un s'introduit dans la maison de la même façon qu'eux. Puis une voix résonne, s'adressant à une personne restée dehors.

— Entre, il n'y a personne. René n'est pas encore arrivé. Lance de nouveau le signal, Zeb. Il l'attend peut-être pour se montrer.

Un ululement chevrotant retentit de nouveau :

— Hou-ou-ou ! Hou-ou-ou !

Un autre ululement lui répond à quelque distance, et trente secondes plus tard un troisième homme pénètre dans la pièce. Jacques et Georges retiennent leur souffle. Décidément, ils ont plongé en plein dans une aventure des plus bizarres ! Pourquoi ces hommes se réunissent-ils dans une vieille demeure en ruine ? Qui sont-ils et que veulent-ils ?

Où sont donc Jean et Suzie ? Font-ils le guet, eux aussi ?

— Installons-nous dans la pièce à côté, reprend l'homme qui a parlé le premier. Il y a des caisses qui pourront nous servir de sièges, et une lumière s'apercevra moins du dehors là-bas qu'ici. Viens, René. Tiens, Zeb, passe devant pour nous éclairer.

chapitre 8

Minutes d'angoisse...

La retraite des inconnus vers une pièce voisine laisse les garçons mi-soulagés, mi-furieux. Ils n'ont plus à craindre d'être découverts, ce qui leur ôte un poids du cœur, mais ils ne pourront plus entendre nettement ce que diront les hommes, et ils en sont navrés.

Du conciliabule ne leur parvient en effet qu'un murmure indistinct. Jacques pose la main sur le bras de Georges :

— Je vais aller tout doucement jusqu'à la porte. J'arriverai peut-être à comprendre de quoi ils parlent.

— Non, non ! proteste Georges. Tu risques de faire craquer le parquet et ils nous trouveront.

— Ne t'inquiète pas, j'ai des semelles en caoutchouc. Je marcherai aussi légèrement qu'un fantôme, chuchote Jacques. Toi, reste là. Je me demande vraiment où sont Jean et Suzie…

Jacques se dirige à pas de loup vers la porte qui donne dans la pièce voisine. Le battant est fendu en plusieurs endroits, ce qui permet à Jacques de regarder par une fente. Il aperçoit les trois hommes assis sur de vieilles caisses. Ils étudient attentivement un papier qui ressemble à une carte et discutent à voix basse.

Si seulement... Oh ! Si seulement il réussissait à saisir ce qu'ils disent ! Il essaie de distinguer leurs physionomies, mais la pénombre est trop dense. En revanche, leurs voix sont parfaitement audibles. L'une est cultivée, nette et claire, les deux autres plus communes et plus rauques.

De quoi parlent-ils ? Jacques n'en a pas la moindre idée.

— Charger et décharger... Cinquante-huit ou même sept heures dix... Aiguilles, aiguilles, aiguilles... Il ne faut pas de lune...

Obscurité, brouillard, brume... Aiguilles... Raccordement... Brume... Cinq cinquante-huit, mais cela pourrait aller jusqu'à sept heures vingt.

Et de nouveau ces histoires d'aiguilles et de raccordement...

De quoi discutent-ils donc ? C'est exaspérant d'entendre des mots inhabituels et de ne pas savoir à quoi ils se réfèrent. Jacques se concentre pour tâcher de percevoir les phrases prononcées très bas, mais c'est inutile. Il décide de se rapprocher un peu plus.

Il s'adosse à une paroi qui cède sous son poids. Il s'est appuyé à une porte de placard. Jacques part à la renverse sans pouvoir se retenir et atterrit avec un bruit mou.

Le battant se referme automatiquement en faisant « clac ». Jacques reste paralysé sur place, stupéfié par sa chute et trop inquiet pour oser risquer un mouvement.

— Tiens, qu'est-ce que c'est que ça ? s'écrie l'un des hommes.

Ils se taisent afin d'écouter, et à cette même minute un gros rat s'aventure en courant dans la pièce, rasant les murs. Un des inconnus le prend dans le faisceau de sa lampe.

— Nous avons dû entendre des rats. Ils fourmillent dans cette masure.

— Je n'en suis pas aussi sûr que toi, réplique l'homme à la voix claire. Éteins donc cette lampe, Zeb. Ne bougeons pas.

La lumière disparaît. Les hommes immobiles observent un silence absolu. Un second rat trottine sur le plancher.

Jacques s'est figé dans son placard, mort de peur à l'idée que les hommes pourraient se mettre à fouiller la maison pour trouver ce qui a provoqué ce bruit insolite. Dans la pièce voisine, blotti au cœur de l'âtre, Georges se demande ce qui se passe. Il y a un tel silence maintenant... et une obscurité si profonde...

C'est alors que le hibou se réveille et s'étire pour se dégourdir les ailes. La nuit est là ! Il est temps de partir pour la chasse. Le hibou ulule et plonge dans la cheminée. Il veut traverser la pièce et sortir par la fenêtre sans carreaux.

Il est aussi surpris de tomber sur Georges debout au milieu du foyer que Georges est saisi de sentir ses ailes lui frôler la joue. Il disparaît sans bruit, ombre mouvante dans la pénombre.

Georges est à bout de nerfs. Il lui faut quitter cette cheminée tout de suite. Il n'a pas le courage d'y rester une minute de plus pour risquer de recevoir encore sur la tête quelque chose de tiède qui lui balaiera la figure. Où est donc Jacques ? Ce n'est pas chic de l'avoir laissé seul avec des animaux inconnus qui nichent dans une cheminée ! En plus, il a emporté l'unique lampe de poche. Georges donnerait n'importe quoi pour obtenir de la lumière.

Il se glisse à tâtons hors de l'âtre et s'arrête au milieu de la pièce, se demandant que faire. Jacques a dit qu'il voulait aller jusqu'à la porte pour essayer d'entendre la conversation des inconnus. Mais où sont ceux-ci ? Rien ne rompt le silence de mort qui règne partout.

« Ils sont peut-être partis par une autre fenêtre, songe le pauvre Georges. Mais alors pourquoi Jacques ne revient-il pas ? Ce n'est vraiment pas gentil de m'abandonner comme ça. Dans cinq minutes, je vais commencer à mourir de peur. »

Il avance jusqu'à la porte, les mains en avant pour tâter si Jacques est là. Non, rien. La pièce voisine est noire comme un four.

Impossible d'y voir quoi que ce soit. Pas un bruit non plus. Où sont-ils tous passés ?

Georges a l'impression que ses jambes se transforment en coton. Quelle horrible vieille ruine ! Pourquoi s'est-il laissé persuader par Jacques de l'y accompagner ? Jean et Suzie n'ont sûrement pas été assez bêtes pour s'y risquer en pleine nuit. Il n'ose pas appeler. Peut-être Jacques se trouve-t-il tout près, aussi effrayé que lui ? Voyons, quel est donc le mot de passe du Clan ? Oui, c'est... ah ! Charlie-Filou.

« S'il entend murmurer "Charlie-Filou", Jacques saura que je suis là, pense-t-il. C'est notre mot de passe. Il me répondra. »

Planté dans l'embrasure de la porte, il chuchote :

— Charlie-Filou ! Charlie-Filou !

Pas de réponse. Il recommence, cette fois un peu plus haut :

— Charlie-Filou !

Alors une lampe s'allume. Et son rayon se braque instantanément sur lui. Une voix brusque s'écrie :

— Qu'est-ce qu'il y a ? Que veux-tu dire à propos de Charlie ? Entre donc, petit, et réponds-moi.

chapitre 9

Un message mystérieux

Georges n'en croit pas ses oreilles. Les inconnus sont donc encore là ? Alors, qu'est devenu Jacques ? Où se cache-t-il ? Georges reste figé sur place, bouche bée, ébloui par la lumière.

— Approche, petit, ordonne la voix avec impatience. Nous t'avons entendu dire « Charlie-Filou ». Tu nous apportes un message de sa part ?

D'étonnement, Georges ouvre une bouche encore plus grande, au risque de se décrocher la mâchoire. Un message ? De Charlie-Filou ? Mais ce n'est qu'un mot de passe… et le nom d'un chien. Où cet homme veut-il en venir ?

— Approche donc, répète l'inconnu. Qu'est-ce qui se passe, gamin : tu as peur ? Nous ne te mangerons pas puisque tu nous es envoyé par Charlie.

Georges pénètre lentement dans la pièce pour se donner le temps de réfléchir. Son cerveau travaille à toute vapeur. Un envoyé de Charlie… Il y a donc quelqu'un qui s'appelle Charlie et même Charlie-Filou ? Ces gens-là s'imaginent donc qu'il vient de la part de ce Charlie ? C'est extraordinaire !

— Pourquoi Charlie nous ferait-t-il parvenir un message ? commence celui qu'on appelle Zeb. C'est lui qui attend de nos nouvelles, n'est-ce pas ? Dis-moi, gamin, Charlie a dû te charger de nous demander ce qui se passait, non ?

Georges se contente de hocher la tête. Il préfère se taire plutôt que de se lancer dans des explications épineuses. Ces hommes semblent croire qu'il est venu chercher des renseignements pour un dénommé Charlie. Qu'ils continuent à le croire et lui transmettent le message attendu, et peut-être le laisseront-ils partir sans le questionner davantage.

— Je ne comprends pas pourquoi Charlie choisit un gosse complètement abruti comme messager, grommelle Zeb. Tu as un crayon, René ? Je vais lui mettre tout ça par écrit.

— Un enfant qui ne desserre pas les dents et ne souffle pas mot me paraît l'intermédiaire idéal pour nous, déclare l'homme à la voix distinguée. Explique à Charlie ce que nous avons décidé, Zeb. Rappelle-lui qu'il doit marquer la bâche d'un trait blanc.

Zeb griffonne quelques lignes sur un carnet, à la lueur de sa lampe électrique. Il arrache la page et la plie.

— Porte ça à Charlie, dit-il à Georges. Et veille à ne plus l'appeler Charlie-Filou, hein ? Sinon, gare à tes oreilles. Ses amis ont le droit de lui donner ce nom-là, mais pas toi.

— Bah ! Laisse donc ce gamin tranquille, intervient René. Où se trouve Charlie en ce moment, petit ? Chez Samoreau ou chez Brévin ?

Georges ne sait pas quoi répondre. Il finit par dire « Samoreau » à tout hasard.

René lui remet une pièce de monnaie et ordonne :

— Maintenant, file. Tu as la frousse, ici, hein ? Veux-tu que je t'accompagne jusqu'en bas de la colline ?

C'est la dernière chose que pourrait souhaiter le pauvre Georges ! Il secoue vivement la tête.

Les trois hommes se lèvent.

— Tu peux partir avec nous si tu tiens à avoir de la compagnie. Sinon, décampe.

Georges décampe, mais pas bien loin. Il retourne dans l'autre pièce, heureux de voir que la lune s'est dégagée des nuages et éclaire suffisamment pour qu'il se dirige sans trébucher jusqu'à la fenêtre. Il l'escalade avec peine, car ses jambes tremblent et refusent de lui obéir.

Il court vers un buisson épais où il se faufile. Si ces hommes ont l'intention de quitter la Grange-aux-Loups, il les laissera prendre le large, puis il retournera dans la maison chercher Jacques. Qu'est-il donc arrivé à Jacques ? Il a complètement disparu.

Les hommes émergent de la maison avec précaution ; ils parlent à voix basse. Le hibou plane au-dessus de leurs têtes en lançant un ululement bref qui les fait sursauter. Puis Georges les entend rire et le bruit étouffé de leurs pas diminue à mesure qu'ils descendent la colline.

Georges pousse un soupir de soulagement, rampe hors de son abri et retourne à la Grange-aux-Loups. Il s'arrête pour décider la conduite à adopter. Doit-il utiliser de nouveau le mot de passe ? Cette méthode a eu des résultats assez effarants, aussi vaut-il peut-être mieux cette fois s'en tenir à appeler Jacques par son nom.

Mais avant qu'il ait eu le temps d'ouvrir la bouche, une voix venant du seuil de la pièce voisine résonne.

— Charlie-Filou, chuchote-t-elle.

Georges ne bronche pas et ne dit rien. Est-ce Jacques ? Ou est-ce quelqu'un d'autre, qui connaît le véritable Charlie ?

Une lampe s'allume et son faisceau lumineux se braque sur lui. Mais, heureusement, c'est bien la lampe de Jacques, et Jacques en personne qui pousse une exclamation de soulagement.

— Ah ! te voilà, Georges ! Pourquoi tu n'as pas répondu quand j'ai lancé le mot de passe ? Tu devais te douter que c'était moi, tout de même !

— Oh ! Où est-ce que tu t'étais fourré ? J'ai passé un mauvais quart d'heure. Tu n'aurais pas dû me laisser en plan comme ça. Où tu étais parti ?

— J'écoutais ces types et je suis tombé dans un placard, explique Jacques. La porte s'est rabattue sur moi et je n'ai plus rien entendu du tout. Je n'ai pas osé bouger, d'abord, de peur que ces gens se mettent à fouiller la maison. Mais à la fin, j'ai quand même repoussé les battants et, comme il n'y avait pas le moindre bruit nulle part, je me suis demandé où tu avais disparu. Si bien que j'ai chuchoté le mot de passe pour t'appeler.

— Ah ! Bon, alors tu ne sais pas ce qui m'est arrivé ? Ces hommes m'ont découvert et...

— Découvert ? Qu'est-ce qu'ils ont fait ? coupe Jacques, stupéfait.

— Eh bien, voilà, c'est assez bizarre. Moi aussi, j'avais dit à mi-voix « Charlie-Filou » pour attirer ton attention, mais ce sont ces gens-là qui m'ont entendu... et ils m'ont demandé s'il m'avait chargé d'une commission pour eux.

Jacques n'y comprend rien et il faut à Georges un certain temps pour lui expliquer que les trois hommes l'ont pris pour un messager envoyé par un de leurs amis nommé Charlie.

— Le plus beau, c'est qu'ils m'ont donné un mot pour lui. Par écrit. Je l'ai dans ma poche.

— Incroyable ! s'écrie Jacques. Cette coïncidence est extraordinaire. On se croirait de nouveau en pleine aventure. Montre un peu ce message.

— Non, je serais d'avis de rentrer chez nous d'abord, je veux sortir de cette vieille baraque en ruine, je ne m'y sens pas à l'aise du tout. Quelque chose m'a atterri sur la tête quand je me cachais dans la cheminée et j'ai cru que j'allais avoir une crise de nerfs. Ne restons pas ici.

— D'accord, mais d'abord, dis-moi, où sont Jean et Suzie ? Ils devaient se trouver dans les parages, réplique Jacques qui se rappelle subitement leur existence. Il faut les chercher.

— On tâchera de découvrir comment ils ont appris qu'il y aurait ce conseil de guerre ici, ce soir, reprend Georges. Appelons-les. Je suis sûr que tous les intrus ont décampé d'ici. D'ailleurs, que tu le veuilles ou non, je les appelle.

Et il crie de sa voix la plus retentissante :

— Jean, Suzie ! Sortez de votre cachette tout de suite !

Son appel se répercute dans la maison, mais rien ne bouge, personne ne répond.

— Visitons toutes les pièces, puisque j'ai une lampe, propose Jacques.

Les deux garçons pénètrent bravement dans chaque salle aux parois branlantes, dirigeant le faisceau de leur lumière dans chaque coin et recoin.

La Grange-aux-Loups est déserte, Jacques commence à se sentir inquiet. Suzie est sa sœur. Les garçons doivent toujours veiller sur leurs sœurs, oui, même quand elles sont les plus exaspérantes qui existent ! Qu'est-il arrivé à Suzie ?

— Georges, il faut qu'on retourne à la maison le plus vite possible pour prévenir que Suzie a disparu ! s'exclame-t-il. Et Jean avec elle. Dépêchons-nous, ils sont peut-être en danger.

Ils s'enfoncent dans la nuit sans plus tarder. Comme ils approchent de la maison de Jacques, celui-ci voit sa mère qui revient de sa réunion. Hors d'haleine, toujours courant, il s'élance vers elle en s'écriant :

— Maman ! Suzie n'est pas là ! Elle a disparu. Oh ! Maman, elle est allée à la Grange-aux-Loups, maintenant elle n'y est plus !

Sa mère l'écoute avec stupeur. Elle ouvre vivement la porte d'entrée et pénètre dans le hall, suivie des deux garçons.

— Explique-moi ce qui se passe, dit-elle. Pourquoi Suzie est-elle sortie ? Et quand ?...

Du palier du premier étage, une voix joyeuse retentit :

— C'est toi, maman ? Viens vite voir le train de Jean. Et ne nous fais pas de reproches parce qu'il est tard. On veut attendre Jacques et Georges avant de tout ranger.

— Mais, c'est Suzie ! s'écrie leur mère. Qu'est-ce que cette histoire de disparition, Jacques ? En voilà une plaisanterie stupide !

Oui, Suzie et Jean sont bien là-haut, avec tout un réseau ferré installé sur le parquet.

Jacques considère Suzie avec autant d'indignation que de surprise. Elle n'est donc pas sortie ? Suzie esquisse un sourire narquois.

— Bien fait pour toi ! lui lance-t-elle. Qui a voulu espionner le Club des Cinq ? Qui a entendu des tas de choses et les a crues ? Qui a galopé jusqu'à la Grange-aux-Loups dans le noir ? Qui est le roi des gobe-mouches ? Qui ?...

Jacques bondit, furieux. Elle s'esquive derrière sa mère en riant.

— Allons, Jacques ! ordonne sa mère. Pas de bagarre, s'il te plaît. Que s'est-il passé ? Toi, Suzie, va te coucher. Et toi, Jean, ramasse ton train. Il est l'heure de partir, sinon ta mère téléphonera pour demander ce que tu es devenu. Jacques, as-tu entendu ce que j'ai dit ? Laisse ta sœur tranquille.

Jean se met à ranger ses jouets, aidé par Georges. Les deux garçons trouvent que la mère de Jacques fait très peur quand elle est en colère. Suzie s'engouffre dans sa chambre et referme la porte d'un coup sec.

— Quelle petite peste ! Elle... elle... elle..., bégaie Jacques fou de rage.

— Va faire ta toilette, interrompt sèchement sa mère. Vous serez privés de dessert, je ne tolérerai pas une conduite pareille.

Georges et Jean s'éclipsent aussi rapidement que possible, les boîtes de rails sous le bras. Georges a complètement oublié ce qu'il a dans sa poche : une lettre écrite au crayon, destinée à quelqu'un nommé Charlie... et qu'il n'a même pas lue !

chapitre 10

Convoquer le Clan !

Georges et Jean avancent d'un bon pas. Jean se met à rire.

— Dis donc, on vous a bien fait marcher, Jacques et toi ! Suzie est maligne... elle avait préparé ça de main de maître... On parlait à tue-tête pour être sûrs que Jacques ne perde pas un mot de ce qu'on racontait. On savait qu'il se cachait dans le bosquet de laurier.

Georges ne répond pas. Il est furieux à l'idée que Suzie et les autres membres de son Club aient joué pareil tour aux Sept, furieux aussi que Jacques se soit laissé berner avec une telle facilité... mais, quelles conséquences a eues cette petite plaisanterie !

Suzie a cité le nom de la Grange-aux-Loups uniquement pour que Jacques et les Sept croient les Cinq sur une piste intéressante menant à cet endroit, puis elle a inventé une histoire à propos d'un prétendu Dick le Boiteux et d'un certain Thomas le Bossu. Et voilà qu'il y a bien eu une réunion de gens bizarres là-bas, non pas Dick et Thomas mais trois mystérieux personnages appelés Zeb, René et... A-t-il entendu le nom du dernier ? Non, absolument pas.

— Tu es bien silencieux, Georges, reprend Jean en gloussant à nouveau. Comment tu as trouvé cette excursion à la Grange-aux-Loups ? Je parie que tu as eu un peu peur.

— Oui, réplique Georges avec franchise.

Il n'en dit pas plus, car il veut réfléchir. Il désire se remémorer ce qu'il a entendu, reconstituer exactement ce qui s'est passé. Les incidents de la soirée se confondent tous dans sa tête, pour l'instant.

« La seule chose certaine, songe-t-il soudain, c'est qu'il faut convoquer tout de suite le Clan. Quelle coïncidence extraordinaire que les Cinq nous aient joué un tour et nous aient du même coup mis sur la piste d'une aventure formidable ! Suzie est une chipie, mais elle a rendu aux Sept un service fantastique ! »

Aussitôt arrivé chez lui, Georges fouille dans sa poche pour chercher le message que lui a remis Zeb. Il plonge la main avec une certaine anxiété. Ce serait vraiment trop bête de l'avoir perdu.

Non, il l'a toujours. Ses doigts se referment sur la feuille de papier repliée. Il la sort de sa poche, tremblant d'excitation. Il déplie le feuillet et l'approche de sa lampe de chevet pour lire.

Mon cher Charlie,

Tout est prêt. À mon avis, ça marchera sans difficulté, mais un peu de brouillard serait quand même le bienvenu, tu t'en doutes. René s'occupera des aiguilles. N'oublie pas le camion ni de marquer, comme convenu, la bâche en blanc dans un coin. Ça nous évitera de perdre du temps à chercher quel est le bon chargement.

À bientôt.

ZEB

Georges pourrait aussi bien se trouver devant des hiéroglyphes ou du chinois. De quoi s'agit-il donc ? Il y a un complot en cours, visiblement ; mais que signifie le reste ?

Georges court au téléphone. Pierre n'est peut-être pas encore couché. Il faut le mettre au courant ce soir même. Georges se sent incapable de garder plus longtemps pour lui cette nouvelle extraordinaire.

Pierre est sur le point de se glisser sous ses couvertures quand sa mère lui dit qu'on l'appelle. Il saisit le téléphone avec surprise.

— Allô ! Qu'est-ce qui se passe ?

— Écoute, je ne peux pas te raconter tout en détail maintenant, mais on est allés à la Grange-aux-Loups, Jacques et moi, et il nous est arrivé une véritable aventure. On...

— Tu veux me faire croire que l'histoire de Suzie était vraie ?

— Non. Ou du moins elle était bien inventée de bout en bout comme tu le pensais, mais il y a quand même quelque chose qui se mijote à la Grange ! Et quelque chose que Suzie ignore, puisqu'elle n'a parlé de cet endroit que pour rire. C'est très sérieux, Pierrot, il faut que tu convoques le Clan demain après le goûter.

À l'autre bout du fil, Pierre médite quelques secondes. Puis il répond :

— D'accord, je n'y manquerai pas. Très bizarre, ton histoire, Georges. Ne m'en dis pas plus pour l'instant, je ne tiens pas à ce que maman me pose trop de questions. Jeannette préviendra Pam et Babette qu'on doit se réunir demain à cinq heures dans la cabane. Moi, je me chargerai de Jacques et de Colin. Ça alors ! Tout ça paraît très mystérieux.

— Attends de connaître le reste. Tu m'en diras des nouvelles !

Georges raccroche et se prépare à se coucher.

Les incidents de la soirée défilent sans arrêt dans sa tête. Quel curieux hasard a voulu que le mot de passe soit « Charlie-Filou » et qu'il existe justement un bonhomme en chair et en os appelé de cette façon !

Autre chose surprenante : les inventions de Suzie sont devenues réalité sans qu'elle s'en doute... Il se prépare quelque chose de louche à la Grange-aux-Loups !

Georges se met au lit et demeure éveillé longtemps. Jacques, lui aussi, a du mal à s'endormir. Il est trop énervé. Il regrette follement d'être resté au fond d'un placard, alors qu'il aurait pu entendre ce qui se disait. Heureusement, Georges paraît avoir réuni bon nombre de renseignements.

Le lendemain matin, les Sept ne tiennent plus en place. Il leur est bien difficile de ne pas laisser voir aux Cinq qu'ils sont sur une piste intéressante, mais Pierre a formellement interdit d'en souffler mot à l'école, de peur que Suzie n'ait vent de l'affaire et ne veuille s'en mêler, alors ils refrènent leur envie d'en parler à qui que ce soit.

— On ne veut pas que les Cinq nous collent aux talons, a conclu Pierre. Attendons ce soir, et là on se mettra au travail d'arrache-pied !

chapitre 11

Un problème ardu

Cet après-midi, tous les membres du Clan se trouvent rassemblés dans la cabane, au fond du jardin de Pierre et Jeannette. Ils sont rentrés de l'école au pas de course, ont avalé un morceau aussi vite qu'ils ont pu, puis se sont rendus, toujours courant, à la réunion.

Arborant le badge aux initiales du Clan, ils ont pénétré dans la cabane après avoir vivement chuchoté le mot de passe : « Charlie-Filou ! »

Jacques et Georges n'ont pas eu le temps de discuter ensemble de leur aventure. Ils grillent d'envie de raconter aux autres cette étrange histoire.

— Bon, on est tous là, constate Pierre. Moustique, monte la garde près de la porte. Aboie si tu entends quelqu'un. Cette séance est extrêmement importante.

Moustique se lève et s'en va dignement s'installer devant la porte, assis sur son arrière-train, l'oreille tendue pour mieux écouter et l'air sérieux.

— Oh ! Dépêche-toi un peu, Pierre, s'écrie Pam. Je n'ai pas la patience d'attendre une minute de plus pour savoir ce qui se passe.

— Voilà, voilà. Vous vous souvenez que l'on ne devait pas se retrouver ici avant Noël, à moins de quelque chose d'exceptionnel. Eh bien, cette circonstance exceptionnelle s'est produite. Jacques, tu as la parole.

Jacques ne demande que cela. Il raconte comment il s'est caché dans le bosquet de laurier pour surprendre ce que les Cinq disaient à leur réunion, dans la serre. Il répète la fable inventée par Suzie pour tromper les Sept et les lancer sur une fausse piste afin de se moquer d'eux.

Il explique que Pierre a ri de cette histoire et déclaré que c'était une invention de Suzie, mais que, néanmoins, Georges et lui ont décidé d'aller à la Grange-aux-Loups, au cas où Suzie ne blufferait tout de même pas. Pierre l'interrompt :

— Mais j'avais raison. C'était bien une histoire à dormir debout... Seulement, le hasard a voulu qu'il y ait une parcelle de vérité dans ces histoires sans que Suzie s'en doute.

Georges poursuit le récit. Il raconte leur expédition à la Grange, alors qu'ils croyaient que Jean et Suzie les y avaient précédés. Et il en vient à la partie la plus passionnante de leur aventure dans la vieille maison en ruine.

Tous l'écoutent attentivement. Les filles retiennent leur respiration quand il en est à l'arrivée des trois hommes.

Puis Jacques relate comment, s'étant approché de l'autre salle pour mieux entendre, il est tombé dans un placard, et Georges répète ce qui s'est produit lorsque, étant parti à la recherche de Jacques, il a chuchoté le mot de passe.

— Il y aurait donc un homme qu'on appelle Charlie-Filou ? demande Babette d'un ton surpris. On avait pris le nom d'un chien comme mot de passe... Jamais on n'aurait pensé qu'il y avait aussi quelqu'un nommé comme ça !

— Chut ! fait Pierre. Continuez, vous deux.

Ils ouvrent tous de grands yeux quand Georges leur révèle que les hommes l'ont cru envoyé par ce Charlie et lui ont donné un message. Ils restent littéralement bouche bée quand il sort le papier de sa poche. La lettre de Zeb circule de main en main. Finalement Pierre tape sur une caisse pour obtenir le silence.

— On a tous vu le message, maintenant. Et on a entendu le récit de Jacques et de Georges. Il est évident qu'on a de nouveau découvert quelque chose de très bizarre. Qui pense que les Sept doivent résoudre ce nouveau mystère ?

Toutes les mains se dressent en même temps. Moustique se met à aboyer.

— Bon, je suis de cet avis aussi, déclare Pierre. Mais il faut qu'on soit extrêmement prudents cette fois-ci, sinon les Cinq essaieront de s'en mêler et ils risqueraient de tout gâcher. Vous ne devez pas souffler un mot de cette histoire à qui que ce soit. Compris ?

Chacun acquiesce. Moustique s'approche et pose la patte sur le genou de Pierre comme pour signifier qu'il est parfaitement d'accord, lui aussi.

— Retourne à la porte, Moustique, reprend le chef du Clan. On compte sur toi pour nous avertir si l'un de ces Cinq de malheur vient nous espionner. Monte bien la garde.

Moustique trottine avec obéissance vers la porte et reprend son guet. Les Sept se rapprochent et se mettent à discuter ferme.

— Récapitulons d'abord tout ce que Jacques et Georges ont entendu. On tâchera ensuite de comprendre ce que ça voulait dire, poursuit Pierre. Pour l'instant je me suis complètement embrouillé dans cette histoire et je n'ai pas la moindre idée de ce que ces hommes ont l'intention de faire.

— Voilà, j'ai entendu ces bonshommes discuter, comme je vous l'expliquais tout à l'heure, répond Jacques, mais ils parlaient à voix assez basse et je n'arrivais à saisir qu'un mot de temps en temps.

— Quels mots ? demande Pierre. Précise-nous ça un peu.

— Eh bien, il était constamment question de chargement et de déchargement. Et aussi d'aiguilles.

— D'aiguilles ? répète Pierre. Quelles aiguilles ?

Jacques secoue la tête.

— Aucune idée. Ils ont cité des chiffres aussi. Cinq cinquante-huit notamment. Et sept heures dix. Ils ont dit qu'il ne devait pas y avoir de lune. Ils ont parlé également de brouillard, de brume et d'obscurité. Pour moi, c'était du charabia, je suppose qu'ils discutaient d'un projet secret.

— Qu'est-ce que tu as entendu d'autre ? interroge Jeannette.

— Rien. Je suis tombé dans le placard à ce moment-là. Quand la porte s'est refermée, tous les bruits ont été étouffés.

— Et le seul détail supplémentaire que je puisse vous donner, dit Georges, c'est que ces bonshommes m'ont demandé si Charlie était chez Samoreau ou chez Brévin. Mais je n'ai aucune idée de ce que cela peut signifier !

— C'est peut-être le nom d'un magasin ou d'une usine, suggère Colin. On pourrait facilement le trouver.

— Oui, très juste, dit Pierre. Passons au message. À quoi se rapporte-t-il ? Il y est question d'aiguilles et de camion. Il s'agit certainement d'un vol, vous ne croyez pas ? Mais le vol de quoi ? Mystère ! Il faut du brouillard aussi. On comprend facilement pourquoi.

— Est-ce qu'on va porter cette lettre à la police ? questionne Babette.

— Pas encore ! s'écrie Georges. Elle est à moi, et j'aimerais bien savoir ce qu'on peut en tirer avant d'en parler à des grandes personnes. Après tout, on s'est débrouillés tout seuls dans bien des aventures jusqu'à présent, je ne vois pas pourquoi on échouerait cette fois-ci.

— Je suis d'accord : essayons. C'est très amusant, déclare Pierre, et on a pas mal d'éléments en main. On connaît le nom de trois hommes sur quatre : Zeb qui est probablement le diminutif de Zébédée, prénom assez rare, René et Charlie qui doit être le chef de la bande.

— Oui, et on suppose qu'il est soit chez Samoreau soit chez Brévin. Par quoi on commence, Pierre ? demande Jacques.

À cet instant, Moustique éclate en aboiements discordants et gratte la porte avec frénésie.

— Chut ! lance Pierre. Il y a quelqu'un dehors.

chapitre 12

Qui a une bonne idée ?

Pierre ouvre la porte. Moustique se précipite dans le jardin, toujours aboyant. Il s'arrête net devant un buisson en agitant la queue. Les Sept se sont élancés sur ses traces. Deux pieds pointent sous les branches basses du buisson. Jacques pousse un cri de rage et plonge au milieu des feuilles. Il en tire quelqu'un... Suzie en personne !

— Quel culot ! s'écrie-t-il. Venir nous espionner... Suzie, comment oses-tu faire des choses pareilles ?

— Ha ! J'aime bien t'entendre parler de culot ! J'ai imité tout simplement le système que tu as inauguré mercredi dernier, mon cher. Qui s'est caché dans le laurier, qui... ?

— Comment as-tu su qu'on avait une réunion ? interrompt Jacques en secouant sa sœur comme un prunier.

— Je vous ai suivis, déclare Suzie avec un large sourire. Mais je n'ai pas compris un mot de ce que vous disiez parce que je n'ai pas osé approcher trop près, de peur que Moustique ne donne l'alerte. Seulement, il a dû être mis en éveil quand j'ai éternué. Pourquoi vous être réunis aujourd'hui ?

— Tu t'imagines vraiment qu'on va te le dire ? Rentre chez toi, Suzie, lance Pierre. Allez, filez tous les deux, toi et Jacques. La séance est levée.

— Flûte ! lâche Jacques. Bien, en route, Suzie. Si tu es trop insupportable, je te scalpe !

Sur cette menace, frère et sœur quittent le jardin. Pierre se retourne vers les autres et leur dit à mi-voix :

— Écoutez, tous. Réfléchissez à ce qu'on a dit et communiquez vos idées à Jeannette ou à moi demain. Mieux vaut arrêter là notre réunion. D'autres membres de l'équipe des Cinq pourraient venir nous espionner aussi maintenant.

— D'accord.

Les Sept retournent chacun chez soi, ravis et très intrigués. Comment donner un sens aux mots décousus qu'on leur a rapportés ? Aiguilles, cinq cinquante-huit, sept heures dix, brouillard, obscurité, brume, Samoreau, Brévin.

Ils tentent de trouver une idée. Babette n'en a aucune, Pam demande à son père s'il connaît Samoreau ou Brévin, sans succès. Elle se sent gênée quand il lui demande pourquoi elle lui pose cette question, et elle n'ose pas pousser davantage ses recherches.

Colin se dit qu'un vol doit être commis par une nuit sombre et brumeuse et que les marchandises doivent être déchargées d'un camion quelque part. Tous les garçons ont abouti aux mêmes conclusions, mais, comme l'a remarqué Pierre, cela ne leur sert pas à grand-chose, puisqu'ils ignorent à quelle date, à quel endroit et dans quel camion.

C'est alors que Jacques a une idée lumineuse. Il pense qu'ils toucheront à la solution du problème s'ils arrivent à trouver un homme appelé Zébédée : ce sera sûrement le même que celui de la Grange-aux-Loups. Il ne doit pas y avoir beaucoup de gens avec un prénom pareil dans la région.

— Pour une idée, c'est une bonne idée, déclare Pierre. Découvre-nous ce bonhomme et ce sera déjà un progrès.

— Oui, mais comment faire ? questionne Jacques. Je ne peux quand même pas demander à tous les gens que je rencontrerai s'ils s'appellent Zeb ou Zébédée.

— Évidemment, c'est pourquoi je parlais d' « idée », réplique Pierre en riant, ce n'est pas réalisable et ne peut donc que rester dans le domaine de l'irréel. Autant chercher une aiguille dans une botte de foin.

— Je n'aimerais pas être chargée de cette besogne-là ! s'écrie Jeannette. Tu sais, Jacques, je crois qu'on est les seuls, Pierre et moi, à avoir une idée valable.

— C'est-à-dire ?

— On a regardé dans l'annuaire s'il y avait une usine au nom de Samoreau ou de Brévin, mais on n'a que l'annuaire régional, limité aux gens qui habitent la ville et la banlieue, alors que ces usines sont peut-être beaucoup plus loin.

— Et on allait maintenant à la poste pour consulter l'annuaire, ajoute Pierre. Tu veux venir avec nous ?

Jacques ne demande pas mieux. Ils arrivent à la poste, entrent et prennent le volume marqué *S.*

Pierre le feuillette vivement. Les deux autres regardent par-dessus son épaule.

— Samois, Samollet... ah ! Samoreau ! s'exclame Pierre qui suit les colonnes du doigt. Flûte ! Il y a trois Samoreau !

— Oui, Mme Louise Samoreau, J.-P. Samoreau... Tiens, *Samoreau et fils : laminage, plomb en gros.* C'est peut-être celui-là ?

— Sûrement, approuve Pierre. Voyons maintenant les *B*, dans l'autre volume. Voilà... Bernand, Bernard, Bernaud, Brécard, Brenot... Brévin ! Oh ! Regardez !

Ils se penchent sur la page. Pierre souligne du doigt le quatrième Brévin : *Brévin et Cie : plomb manufacturé, Fronville.*

— Vous voyez ? Deux entreprises qui s'occupent de plomb. Charlie-Filou doit être en relation avec elles.

— Du plomb ! Ça vaut cher, je crois. On entend souvent parler de voleurs qui l'enlèvent des toits d'églises, je ne sais pas pourquoi, dit Jacques, mais ce sont principalement les églises qui ont des toitures avec beaucoup de plomb dessus.

— En résumé, Charlie-Filou a l'air de vouloir envoyer du plomb quelque part dans un train, et Zeb et ses complices doivent l'arrêter en route et s'emparer du chargement, conclut Pierre...

— Charlie doit être quelqu'un d'important pour être à la fois dans les deux usines, remarque Jeannette. Je me demande bien comment il s'appelle réellement, ce Charlie-Filou ! Pourquoi l'a-t-on surnommé comme ça ?

— Parce que c'est un filou et qu'il s'appelle Charles, je suppose, répond Pierre.

— Ces usines sont à des centaines de kilomètres d'ici, reprend Jacques qui a relevé leurs adresses. Bref, on a fait preuve d'une intuition remarquable, mais ça ne nous a pas menés bien loin. On sait seulement que Samoreau et Brévin sont des usines qui s'occupent de plomb, et... c'est tout !

— Oui, tu as raison, on n'est pas tellement plus avancés, confirme Pierre en refermant l'annuaire. Il va falloir réfléchir sérieusement à la question. En route, allons acheter des bonbons ! Sucer un bonbon me facilite toujours la réflexion.

chapitre 13

Amusette... et trait de génie !

Un jour passe, et c'est de nouveau mercredi. Une réunion a été prévue pour ce jour-là, mais personne n'a grand-chose à dire. En vérité, la séance promet d'être assez monotone en comparaison de la précédente. Les Sept grignotent les gâteaux offerts par la mère de Jacques, et Moustique monte la garde près de la porte de la cabane.

Le jardin est noyé sous la pluie. Les Sept regardent dehors d'un air navré.

— Impossible d'aller se promener ou de jouer au ballon, dit Pierre, je vous propose de rester ici.

— Si tu apportais ton train ? suggère Jeannette. Prends aussi ma bergerie. On pourrait installer les rails autour des arbres et des bâtiments de ferme, comme un vrai chemin de fer à travers la campagne. On a des tas d'animaux, d'arbres et de personnages.

— Oh ! Oui ! J'adore jouer avec ta ferme ! s'écrie Pam. C'est la plus belle que j'aie jamais vue. Pierre, va la chercher, s'il te plaît. On la mettra en place pendant que vous, les garçons, vous vous occuperez de monter les rails.

— D'accord, c'est l'amusement rêvé quand il pleut, déclare Jacques avec enthousiasme. Je mourrais d'envie d'aider Jean à faire marcher son train, le jour où Georges est venu dîner à la maison, mais il était l'invité de Suzie, et elle ne nous aurait laissés jouer avec eux pour rien au monde. Tu sais, elle se doute qu'il y a quelque chose dans l'air, Pierrot. Elle n'arrête pas de m'embêter pour que je lui dise ce qui est arrivé à la Grange-aux-Loups.

— Ne lui réponds pas, voilà tout, réplique Pierre. Moustique, tu n'as plus besoin de garder les Sept. La séance est levée. Tu veux jouer avec nous ?

Moustique bondit de joie et tourne autour de la compagnie en agitant la queue. Pierre va chercher son train et ses rails, ainsi que la grande boîte qui contient la ferme de sa sœur. Il n'y manque rien, depuis les fermiers et leurs animaux jusqu'aux barrières, aux abreuvoirs et aux cabanes à lapins.

Les Sept se mettent à l'ouvrage : les garçons assemblent les rails bout à bout, les filles disposent arbres, maisons, bêtes et gens en un ravissant paysage campagnard. C'est très amusant.

Pierre relève soudain la tête. Une ombre derrière la vitre a attiré son attention. Il aperçoit un visage qui les observe, et il se redresse en poussant un cri si féroce que tous sursautent de frayeur.

— C'est Jean ! Il nous espionne pour le compte des Cinq. Cours-lui après, Moustique ! Rattrape-le !

Jean prend ses jambes à son cou. D'ailleurs même si Moustique le rejoignait, il n'y aurait rien de grave, car l'épagneul connaît bien Jean et l'aime beaucoup.

— Pas d'énervement, conseille Jeannette. Tout ce que Jean a pu voir, c'est qu'on s'amuse le plus sagement du monde. Il peut rester autant qu'il le veut à nous observer sous la pluie s'il n'a pas peur d'être trempé jusqu'aux os !

Et voilà enfin les rails installés et les voitures accrochées à trois locomotives étincelantes. Il y a deux trains de voyageurs et un de marchandises.

— Je ferai marcher ce train-là, Colin prendra celui-ci, et toi, Jacques, tu t'occuperas du troisième, décide Pierre. Jeannette, charge-toi des signaux. Tu sais bien les manœuvrer. Et toi, Georges, surveille les bifurcations. Il ne faut pas qu'il y ait d'accident. Dès que deux trains risqueront de se télescoper, aiguille-les chacun sur une voie différente.

— D'accord, je veillerai aux aiguillages, répond Georges avec entrain. J'adore voir les trains passer d'une voie sur l'autre.

Les machines s'élancent. Georges les dévie vers un embranchement chaque fois qu'elles risquent de se rencontrer. Soudain Jeannette se redresse en s'écriant :

— Ça, alors ! Incroyable !

Les autres la regardent avec des yeux ronds.

— Qu'est-ce qui se passe ? dit Pierre

— Les aiguilles ! réplique Jeannette. Les aiguilles et les aiguillages ! (Et elle tend la main vers Georges qui s'affaire à abaisser les leviers des aiguillages pour dérouter les trains d'une voie sur l'autre.) Pierre, réfléchis ! Tu ne te rappelles pas ? Ces gens de la Grange-aux-Loups ont parlé d'aiguilles. Jacques a même souligné qu'ils répétaient ce mot-là sans arrêt. Eh bien... je parie qu'il s'agit d'aiguilles sur une voie de chemin de fer !

Un court silence s'ensuit. Puis tous se mettent à s'écrier en même temps :

— Mais oui ! C'est sûrement ça. On aurait dû y penser plus tôt ! Bien entendu... les aiguilles du chemin de fer !

Le jeu s'interrompt immédiatement et une grande discussion lui succède.

— Je me demande pourquoi ces aiguilles ont tant d'importance pour eux… Sans doute parce qu'ils veulent aiguiller un train sur une autre voie.

— Oui, un train qui transporte quelque chose qu'ils veulent intercepter... du plomb, probablement.

— Alors, c'est un train de marchandises. Il doit y avoir dans une des voitures le plomb qu'ils veulent voler.

— Et la bâche ? C'est elle qui recouvre le chargement, certainement. Vous vous souvenez, il fallait qu'elle soit marquée en blanc dans un coin pour que les hommes reconnaissent le chargement.

— Oui, ils ne veulent pas perdre de temps à examiner toutes les voitures pour savoir laquelle est la bonne. Les trains de marchandises en comportent parfois jusqu'à trente ou quarante. Les marques blanches leur permettront de trouver tout de suite celui qu'ils cherchent.

— Ouah ! approuve Moustique, gagné par l'excitation générale.

Pierre se tourne vers lui :

— Hé, Moustique, retourne monter la garde, s'il te plaît. La séance reprend. Va vite, mon vieux, les Sept tiennent de nouveau conseil !

Moustique obéit aussitôt. Les Sept se groupent, débordant de joie. Dire qu'un simple mot les a mis d'un seul coup sur la bonne piste...

— Tu es vraiment formidable, Jeannette ! s'écrie Jacques pour la plus grande satisfaction de Jeannette qui rougit, avec modestie.

— Oh ! c'est un pur hasard, n'importe qui aurait pu y penser. Vous répétiez tout le temps « aiguilles et aiguillages ». Ça m'a rappelé ce qu'avait dit Jacques. Pierre, à ton avis, où se trouvent ces aiguillages ?

Pierre a tiré une seconde déduction de la découverte de Jeannette.

— J'ai eu une autre idée ! s'exclame-t-il, les yeux brillants. Les chiffres mentionnés par les bonshommes de la Grange, ce ne seraient pas des heures de trains ?

— Oui ! On dit souvent à la maison que papa va prendre le train de cinquante-huit ou celui de sept heures quarante-deux, et même simplement « le quarante-deux », ajoute Pam. « Cinq cinquante-huit », ce pourrait être un train qui part d'un endroit donné à cinq heures cinquante-huit. Ou qui arrive quelque part à ce moment-là.

— Et ces gars-là veulent qu'il y ait de la brume, parce qu'il leur sera facile de lancer le train sur une voie secondaire si la nuit est épaissie par le brouillard, complète Jacques. Un bon brouillard les arrangerait parfaitement. Le chauffeur de la locomotive ne se douterait pas que sa machine s'engage sur la mauvaise voie. Il ne s'en apercevrait qu'en approchant d'un signal... et à cet endroit-là, nos bonshommes seraient prêts à sauter sur la voiture marquée en blanc et à emporter le plomb...

— Et prêts aussi à maîtriser les agents chargés de surveiller le train, je pense, conclut Colin.

Le silence règne pendant un instant. Les Sept se rendent subitement compte que la bande organisatrice du vol doit être assez dangereuse.

— On devrait en parler à quelqu'un, dit Pam.

— Non, réplique Pierre en secouant la tête. Essayons d'abord d'en savoir davantage. Je suis certain qu'on y arrivera maintenant. Commençons par un bout... Allons chercher un horaire et vérifions s'il y a un train qui arrive quelque part à six heures moins deux... donc à cinq heures cinquante-huit.

— Pas la peine, les trains de marchandises ne sont pas marqués dans l'indicateur, déclare Jacques aussitôt.

— Tu as raison, j'avais oublié... Eh bien... si deux d'entre nous allaient à la gare se renseigner sur les trains de marchandises et leurs heures de passage, sans oublier leur lieu d'origine ? Puisqu'on sait où sont situées les usines de Samoreau et Brévin. Dans quelle ville, déjà... ? Fronville, je crois ?

— Oui, dit Jeannette. Tu as une idée excellente, Pierre. La pluie s'est arrêtée. Pourquoi ne pas partir tout de suite ?

— D'accord. Colin, tu m'accompagnes ? questionne son frère. Jacques et Georges ont eu plus que leur part d'émotion jusqu'à maintenant, mais tu n'as pas été gâté. C'est bien ton tour... et le mien ! En route, filons vite à la gare.

Les deux garçons s'en vont, le cœur en joie. L'aventure commence...

chapitre 14

Une agréable surprise

Pierre et Colin arrivent juste au moment où un train entre en gare. Ils le regardent ralentir et s'arrêter. À quelques pas de là, il y a le chef de gare, un agent de la compagnie ferroviaire et, à côté d'eux, un ouvrier en salopette bleue, qui est remonté sur le quai lorsque le train a fait son apparition. Il travaillait sur la voie.

Les deux garçons attendent que le train soit parti, puis ils vont trouver le chef de gare.

— Est-ce que des trains de marchandises vont passer bientôt ? demande Pierre. On aime beaucoup les voir.

— Il y en aura un dans un quart d'heure.

— Il est très long ? questionne Colin. Une fois, j'ai compté cinquante-sept voitures.

— Le plus long passe ici le soir, réplique le chef de gare. Combien a-t-il de voitures, en général, Zeb ?

L'homme en salopette se frotte le front et repousse sa casquette en arrière.

— Oh ! Peut-être bien trente... peut-être bien quarante. Ça varie.

Les garçons échangent un coup d'œil. *Zeb* ! Le chef de gare a appelé le cheminot *Zeb* ! Est-ce que... serait-il possible que ce soit le *Zeb* de la Grange-aux-Loups, celui qui a donné le message à Georges ?

Ils l'examinent. Il n'a pas une mine très réjouissante : c'est un petit homme maigre, au visage en lame de couteau, mal rasé et qui aurait grandement besoin de se faire couper les cheveux. Ce nom de Zeb est tellement peu courant que Pierre et Colin l'identifient immédiatement comme le Zeb de la maison abandonnée.

— Euh... À quelle heure passe ce train-là ? s'enquiert Pierre qui a du mal à retrouver ses esprits, tant sa surprise est grande.

— À cinq heures cinquante-huit en principe, une fois par semaine, répond Zeb. Mais il a parfois du retard.

— D'où est-ce qu'il arrive ? questionne à son tour Colin.

— Oh ! Des tas de villes... Villeneuve, Monterey, Merlet, Moustiers, Fronville...

— Fronville ! s'exclame Colin.

C'est là que se trouvent les entreprises Brévin et Samoreau. Pierre foudroie Colin du regard et ce dernier s'efforce de masquer l'intérêt qu'il porte à cette ville en demandant vivement :

— Fronville ? Oui, et ensuite ?

Le cheminot énumère une liste de noms que les deux amis écoutent religieusement. Mais ils savent maintenant presque tout ce qui les intéresse.

Le « cinq cinquante-huit » est un train de marchandises qui passe une fois par semaine, et Fronville est l'un de ses points d'arrêt. Il y prend probablement une voiture ou deux chargées de plomb provenant de chez Brévin ou de chez Samoreau. Du plomb sous quelle forme ? En tuyaux ? En feuilles ? Les garçons n'en ont pas la moindre idée, mais peu importe, de toute façon, puisqu'il s'agit de plomb, donc d'un métal précieux. Du plomb expédié par Charlie pour le compte de ces deux entreprises.

Pierre imagine soudain un moyen de se renseigner sur les aiguillages et voies secondaires. Il dit :

— On a joué avec mon train miniature ce matin. C'est un vrai modèle réduit... Il a des aiguillages qui permettent de changer de voie quand on veut. Ces aiguilles-là marchent très bien... comme les vraies.

— Ah ! Vous devriez en parler avec mon copain, réplique Zeb, il s'y connaît bien mieux que moi. C'est lui qui les manœuvre pour faire bifurquer les trains de marchandises d'une ligne sur une autre... Les trains doivent souvent être déviés sur des voies secondaires.

— Est-ce qu'il dévie le cinq heures cinquante-huit ? demande Pierre. Ou est-ce qu'il le laisse continuer sur la voie principale ?

— Non, René ne s'en occupe pas. Il n'aiguille que les trains dont on doit décharger les voitures près d'ici. Le cinq cinquante-huit continue sans s'arrêter jusqu'à Noisiel. Vous le verrez passer si vous venez ici un soir.

Pierre a jeté un bref coup d'œil à Colin pour s'assurer qu'il a remarqué le nom du camarade de Zeb. Zeb... et René ! Quelle chance inouïe ! Colin cligne de l'œil droit : oui, il a bien remarqué. Le feu lui en monte aux joues.

— J'aimerais bien pouvoir regarder René manœuvrer les aiguillages, dit Pierre. Ce doit être amusant. Je pense que les leviers sont bien plus grands que les miens.

— Ça, oui, tu l'as dit, s'écrie Zeb en riant. Il faut pas mal d'huile de coude pour remuer les nôtres ! Écoutez, voulez-vous m'accompagner ? Je vous montrerai une aiguille qui dirige les trains sur une voie de garage. C'est à près de deux kilomètres d'ici.

Pierre consulte sa montre. Il arrivera très en retard pour déjeuner... mais le jeu en vaut la chandelle. Il a une chance de se trouver en présence de l'aiguillage que René manœuvrera par une sombre nuit brumeuse.

— Faites bien attention aux gosses. Qu'ils ne soient pas écrasés par un train ! prévient le chef de gare, comme Zeb et les deux garçons s'engagent sur le ballast.

Les deux « gosses » haussent mentalement les épaules. Comme s'ils n'étaient pas capables de se rendre compte qu'un train approche...

Le chemin leur paraît long. Zeb a à travailler assez près des aiguillages. Il dépose ses outils le long des rails et conduit les enfants à un endroit où plusieurs voies se croisent.

Il leur explique le fonctionnement des aiguillages.

— Pour cette ligne-là, vous tirez ce levier. Vous voyez, les rails se déplacent et amènent le train dans cette direction au lieu de le laisser continuer tout droit.

Il autorise Colin et Pierre à actionner eux-mêmes les leviers.

— Est-ce que le cinq heures cinquante-huit passe sur cette voie ? demande Pierre d'un air indifférent.

— Oui, mais comme je vous l'ai dit, il continue tout droit, il n'est pas dévié. Il n'a jamais de marchandises pour cette région, précise Zeb. Et maintenant souvenez-vous qu'il ne faut pas rester seuls sur la voie. Sinon la police se mettra à vos trousses, et vous aurez des ennuis.

— Entendu, promettent les enfants.

— Bon, je vais aller travailler, reprend Zeb comme s'il n'en avait aucune envie. Au revoir ! J'espère vous avoir donné tous les renseignements que vous désiriez, les enfants.

Oui, bien sûr, et même beaucoup plus qu'il ne l'imagine ! Pierre et Colin ont peine à croire qu'ils n'ont pas rêvé. Ils font une centaine de mètres le long de la voie, puis ils s'arrêtent.

— On devrait explorer cette déviation, dit Pierre, mais il est déjà terriblement tard... Zut ! On a oublié de demander quel jour notre train passe.

— Rentrons maintenant, je meurs de faim, réplique Colin. On reviendra plus tard. On aura tout le temps nécessaire pour obtenir la date et reconnaître cette voie secondaire.

Ils abandonnent la voie ferrée et regagnent la route. Ils sont si contents de leur matinée qu'ils bavardent comme des pies d'un bout à l'autre du chemin.

— Tu te rends compte... tomber sur Zeb lui-même ! Notre Zeb... Et apprendre que René est aiguilleur. Le mystère est complètement éclairci. Quelle chance que Jeannette ait eu cette idée en nous regardant manœuvrer les aiguillages ! On a une chance formidable.

— On retournera à la gare dès qu'on aura goûté, conclut Pierre. Je propose qu'on y aille tous ensemble. Notre aventure s'annonce magnifique !

chapitre 15

Un après-midi mouvementé

Pierre, comme Colin, se fait gronder car le goûter est servi depuis longtemps quand il arrive chez lui. Jeannette est si impatiente de voir ce qui s'est passé qu'elle frémit sur sa chaise en attendant qu'il ait fini de manger. Il met les bouchées doubles en lui jetant des coups d'œil menaçants, tant il craint qu'elle lui pose des questions susceptibles d'éveiller la curiosité des grandes personnes.

Il l'envoie à la recherche des membres du Clan. Aucun ne traîne en route. Seul Colin est bon dernier, puisqu'il a dû terminer son goûter avant de venir.

Pierre électrise les Sept avec son récit des événements de la gare. Pensez donc... rencontrer Zeb comme ça... et qu'il débite de but en blanc la plupart des renseignements dont ils ont besoin !

— Il était loin de s'imaginer pourquoi on lui posait tant de questions, dit Colin avec un large sourire. Je dois reconnaître qu'il a été très gentil avec nous.

— Je propose d'aller maintenant explorer la voie secondaire, déclare Pierre. On demandera aussi quand passe le train de marchandises.

Et les voilà partis. Ils se rendent d'abord à la gare. Ils trouvent de nouveau le chef de gare sur le quai. Il n'a pas grand-chose à faire et est content d'avoir des gens avec qui discuter. Il parle de choses et d'autres de son métier et peu à peu Pierre l'amène sur le sujet des trains de marchandises.

— Tenez, en voici un, dit l'homme. Mais il ne s'arrêtera pas ici... Il n'a pas de voyageurs à prendre ou à débarquer, vous comprenez. Ça vous amuserait de compter les voitures ? Ce n'est pas un train très long.

Il se compose principalement de voitures découvertes aux chargements variés – charbon, briques, tracteurs, caisses. Le train passe lentement devant la gare. Le Clan compte trente-deux voitures...

— J'aimerais bien voir le train qui est très long. Celui qui vient de Fronville et au-delà... Celui de cinq heures cinquante-huit, je crois ? interroge Pierre.

— Oui. Mais il vous faudra revenir un mardi, réplique le chef de gare. Seulement, il fera noir à cette heure-là. Vous ne verrez pratiquement rien. Regardez, le conducteur du train vous fait bonjour.

Les Sept agitent la main à leur tour. Le train de marchandises devient de plus en plus petit et disparaît dans le lointain.

— Je m'étonne que ces voitures ouvertes ne tentent pas les voleurs, dit Pierre d'un air innocent.

— Ils les tentent bien assez, rétorque son interlocuteur. Il y a eu pas mal de vols, ces derniers temps, et même jusqu'à une voiture qui était fixée sur une plate-forme. Incroyable, hein ? Il paraît que toute une bande de voleurs s'en mêle. Je me demande comment ils s'y prennent. Bon, les enfants, il faut que j'aille travailler un peu. Au revoir !

Les Sept s'éloignent. Ils marchent le long de la voie jusqu'à l'endroit où Zeb a expliqué la manœuvre des aiguillages.

Pierre les désigne à ses camarades.

— C'est là qu'ils veulent faire dévier le train. Je donnerais beaucoup pour savoir quand. Je suppose que ça ne tardera pas, puisque le message qu'a reçu Georges dit que tout est prêt.

Ils suivent la voie secondaire, restant toujours sur le bas-côté. Les rails décrivent quelques méandres et finissent par aboutir dans un dépôt de marchandises aux dimensions modestes, qui semble absolument désert.

On a accès au départ par deux grandes grilles, qui s'ouvrent pour laisser passer les camions venus charger les marchandises amenées par la voie de déviation. Mais en ce moment, il n'y a que des voitures vides rangées sur la voie. Pas un chat dans les parages : visiblement, aucun train n'est attendu.

— Voilà un endroit bien désert, remarque Colin. Si un train de marchandises était détourné par ici, personne ne s'en apercevrait... sauf ceux qui l'attendraient. Je parie qu'un camion entrera ici un soir, pour emporter les feuilles de plomb ou les tuyaux pris dans la voiture à la bâche marquée en blanc.

— Si on venait ici mardi soir, au cas où ce serait la date choisie ? suggère soudain

Jacques. Si on voit quelque chose de bizarre, on téléphonera à la gendarmerie. Zeb et René n'auront pas fini leur transfert que les gendarmes leur sauteront dessus. Hein, qu'est-ce que vous en pensez ?

— J'hésite, réplique Pierre. Je crois qu'on devrait prévenir dès maintenant le capitaine. On est amis avec lui. D'autre part, on en sait assez pour être sûrs de notre fait. Le seul point qu'on ignore, c'est la date exacte du vol, soit mardi prochain, soit mardi en huit, soit un autre mardi.

Les Sept se mettent à discuter avec animation et ne prennent pas garde qu'un gendarme à l'air bourru vient de pénétrer dans la cour du dépôt. Il sursaute en apercevant les enfants et s'arrête pour les observer.

— Je voudrais bien examiner de près les aiguillages, déclare Colin. Montre-les-moi, Pierre. On fera attention aux trains.

Pierre oublie que l'accès des voies de chemin de fer est strictement interdit. Il marche, en tête du Clan, au beau milieu des rails.

Une voix forte les hèle :

— Hé, là-bas ! Vous ne savez pas que vous n'avez pas le droit d'aller là ? C'est interdit. Revenez ici. J'ai deux mots à vous dire.

— Oh ! Courons ! Ne le laissons pas nous rattraper ! s'écrie Pam, saisie d'une terreur panique.

— Non, ce serait une mauvaise tactique, dit Pierre. On est dans notre tort. Retournons nous excuser. Si on promet qu'on ne recommencera pas, il ne nous grondera pas.

Il conduit donc de nouveau le Clan dans la cour. Le gendarme s'approche d'eux en fronçant les sourcils.

— Écoutez un peu. Il y a eu trop de bêtises commises par des enfants sur les voies, ces derniers temps. J'ai bien envie de prendre votre nom et votre adresse à tous pour en parler à vos parents.

— Mais on ne faisait rien de mal ! s'écrie Pierre avec indignation. On est désolés d'avoir traversé les voies, mais à part ça, on n'a rien fait de mal.

— Qu'est-ce que vous fabriquez dans cette cour, hein ? réplique le gendarme. Des bêtises, j'en mettrais ma main au feu.

— Non, répète Pierre.

— Alors pourquoi êtes-vous venus ici ? Allez, répondez. Vous n'êtes pas venus ici pour rien.

— Dis-lui, murmure Babette qui est prête à pleurer tant elle était effrayée.

Phrase malheureuse qui renforce la méfiance du gendarme.

— Ah ! ah ! Vous êtes donc bien venus pour quelque chose de précis. Expliquez-moi ça tout de suite !

Pierre n'a pas envie d'expliquer quoi que ce soit à cet homme désagréable. Pour une excellente raison, d'ailleurs : il ne croirait pas un mot de l'histoire extraordinaire que les Sept lui raconteraient ; et pour une deuxième raison tout aussi bonne : Pierre ne veut pas dévoiler tous ses secrets d'un seul coup. Non, s'il doit en parler à quelqu'un, ce sera à son père ou au capitaine de gendarmerie avec qui le Clan s'est lié d'amitié.

Et finalement le gendarme se met en colère pour de bon et inscrit dans son carnet les sept noms et adresses, sans rien oublier. C'est exaspérant. Dire qu'ils sont venus ici pour aider la police à capturer une bande de voleurs... et qu'ils y gagnent un procès-verbal !

— Si jamais mon père apprend ça !... soupire tristement Colin. Oh ! Pierre, allons tout raconter au capitaine avant que ce gendarme prévienne nos parents.

Mais Pierre ne cède pas.

— Non, tranche-t-il. On appellera les gendarmes au dernier moment, quand on sera sûrs de ne pas s'être trompés. Lorsque notre gendarme devra venir ici, un soir, pour arrêter des bandits qu'on aura traqués, il comprendra ce qu'on faisait là aujourd'hui.

— Moi, je ne pense pas que je vous accompagnerai, dit Babette. Ça me fait trop peur.

— Dans ce cas, Pam et moi, on viendra te tenir compagnie, décide Jeannette. On passera la soirée entre filles pendant que les garçons partiront en excursion !

chapitre 16

Jour « J »

Le Clan se réunit le lendemain après la classe pour faire le point de la situation et discuter la tactique à suivre le mardi suivant. Le jardin est noyé de brume, comme presque toujours en novembre.

— Mon père pense que le brouillard va s'intensifier, annonce Pierre. S'il ne s'est pas trompé, nos voleurs auront la chance pour eux cette semaine. Le conducteur de la locomotive ne s'apercevra même pas qu'on l'a aiguillé sur la mauvaise voie. Il ne pourra pas voir à deux mètres devant lui.

— Je voudrais être déjà à mardi ! s'écrie Jacques. Suzie se doute que quelque chose se trame, et son Club grille d'envie de savoir de quoi il retourne. Elle sera folle de rage quand elle apprendra qu'on a abouti à cette aventure grâce à sa mauvaise plaisanterie.

— Oui, ce sera la fin du Club, je parie, dit Colin. Écoute, Pierre, j'ai réussi à trouver une carte du réseau ferré. Mes parents en ont une pour la région. Elle porte l'indication de toutes les voies et jusqu'au moindre aiguillage. Ce doit être une carte de ce genre que Zeb, René et leur complice consultaient à la Grange-aux-Loups, l'autre fois, tu ne crois pas, Jacques ?

— Oui, c'est très possible. Je jurerais que nos bonshommes n'en sont pas à leur coup d'essai. Ils connaissent trop bien le chemin de fer. Comme j'aimerais que mardi vienne vite ! répète Jacques.

Le jour « J » arrive en son temps. Aucun des Sept ne se montre brillant élève en classe, car ils ne cessent, les uns et les autres, de songer à la nuit qui approche. Pierre regarde bien cent fois par la fenêtre.

« Papa avait raison, pense-t-il. Voilà le brouillard... Une vraie purée de pois. Ce soir, il fera si sombre qu'il faudra des pétards sur la voie. On les entendra éclater au passage du train. »

Les quatre garçons ont décidé de se retrouver après le goûter, avec Moustique. Pierre a estimé que sa compagnie leur sera très utile au cas où les choses se gâtent. Ils ont tous des lampes électriques.

Pierre vérifie s'il a bien dans sa poche le numéro de la gendarmerie pour appeler les autorités au bon moment. Il vibre d'excitation.

Il a failli ne pas pouvoir rejoindre les autres, car sa mère survient comme il enfile son manteau et se montre horrifiée à la pensée qu'il va sortir en plein brouillard.

— Tu vas te perdre, dit-elle. Ne bouge pas de la maison.

— J'ai rendez-vous avec le Clan, maman ! s'écrie Pierre. S'il te plaît, laisse-moi partir.

— Je ne devrais pas, par un temps pareil. Enfin... vas-y si tu veux, mais prends Moustique avec toi. Il saura toujours retrouver son chemin, et le tien avec.

— J'avais bien l'intention de l'emmener. Merci, maman.

Pierre s'éclipse, l'épagneul sur ses talons. Il rejoint les autres groupés devant la porte du jardin et ils se mettent en route. Le brouillard dense les enveloppe. Leurs lampes de poche arrivent difficilement à le percer. Puis les quatre enfants entendent les pétards destinés à signaler aux trains l'approche des aiguillages.

Bing ! Bang ! Bang !

— Zeb et ses copains doivent nager dans la joie. Ce brouillard est une aubaine pour eux, dit Colin. Tiens, voilà le grillage qui borde la voie. Suivons-le, on sera sûrs de ne pas s'égarer.

Ils atteignent la gare de marchandises vers six heures moins le quart. Ils s'approchent sans bruit des hautes grilles, toujours ouvertes. Ils ont tous des semelles de caoutchouc. Par précaution, ils ont éteint leurs lampes.

Ils entendent un bruit de moteur et se figent sur place. Des voix parviennent jusqu'à eux, des voix qui chuchotent. Ils aperçoivent bientôt une lampe tempête qui luit faiblement.

— La bande est là... avec le camion envoyé par Charlie-Filou, murmure Jacques. Tenez, il est garé là-bas. Je parie que par temps plus clair on verrait *Brévin* ou *Samoreau* inscrit dessus.

— Alors, c'était bien ce mardi-ci, dit Colin avec un soupir de soulagement. J'avoue que j'espérais ne pas avoir fait tout ce chemin en plein brouillard pour rien !

Bing ! Bang ! Bang !

Des pétards éclatent sans arrêt. Leur explosion indique aux garçons que des trains passent à ce moment sur la voie principale, car, par mauvais temps, on place des pétards sur les rails aux abords des signaux et dans les passages dangereux pour que les mécaniciens ralentissent ou guettent les feux indiquant si la voie est libre.

— Il est quelle heure ? chuchote Georges.

— Près de six heures et demie, répond Pierre tout bas. Le train de cinq heures cinquante-huit a du retard à cause du brouillard. Il va passer d'une minute à l'autre... ou très tard... on ne sait jamais.

Bang ! Un autre pétard explose peu après. Les garçons se demandent s'il n'a pas éclaté sous les roues de leur train.

Ils ne se trompent pas. Le mécanicien se penche pour observer le signal, le voit au vert et poursuit sa route lentement, bien loin de se douter qu'il s'est engagé sur la mauvaise voie. René, posté aux aiguillages, a dévié le train. La manœuvre a été aisée, caché comme il l'était dans la pénombre.

Le grand train de marchandises a quitté la voie principale... il ne traversera pas la gare, ce soir, non, il aboutira dans le dépôt de marchandises où l'attend un groupe d'hommes silencieux...

René remet les aiguillages en place afin que le train suivant continue sa route sans encombre. Il ne tient pas du tout à ce que survienne une demi-douzaine de trains sur la voie de garage ! Puis il s'élance à la poursuite des wagons qui progressent à une allure d'escargot.

— Le voilà ! Je l'entends, chuchote soudain Pierre en saisissant Jacques par le bras. Allons là-bas, près de ce hangar. On pourra tout voir sans être vus. Dépêchons-nous !

Le train approche. L'éclat rouge d'une lanterne perce le brouillard. Que va-t-il se passer ?

chapitre 17

Sur la voie de garage...

Un pétard éclate juste à l'endroit où la bande veut que s'arrête le train. *Bing !*

La locomotive freine aussitôt... les attelages des voitures qu'elle tire grincent et s'entrechoquent à cause de cet arrêt brusque. Zeb, René et quatre complices viennent de se concerter hâtivement. Les jeunes membres du Clan ont entendu très nettement ce que dit celui qui semble être le chef, sans doute le fameux Charlie-Filou en personne !

— Nous lui dirons qu'il n'est pas sur la bonne voie... nous aurons l'air surpris de le voir là. René, tu lui conseilleras de rester sur cette voie de garage jusqu'à ce que le brouillard se lève. Il pourra alors demander des instructions pour repartir. Emmène-le au hangar et donne-lui quelque chose de chaud à boire. Occupe-le à l'intérieur pendant qu'on se chargera du reste.

Pierre chuchote dans l'oreille de Jacques :

— S'ils font croire au mécanicien qu'il est arrivé ici par erreur et s'ils le conduisent dans le hangar avec ses aides, il n'y aura pas de bagarre. Je préfère ça.

— Chut ! fait Jacques. Regarde... Le mécanicien descend de sa machine. Il ne sait plus où il est, je parie. Il est complètement perdu.

— Eh là ! Dites donc, mon vieux, vous êtes sur une voie de garage ! crie soudain René qui accourt, balançant une lanterne à bout de bras. Vous devriez rouler sur la voie principale et traverser la gare à cette heure-ci.

— Oui, évidemment, réplique le mécanicien. Il a dû y avoir une erreur d'aiguillage. Est-ce que je risque quelque chose ici ?

— Rien du tout, répond René d'un ton joyeux. Ne vous inquiétez pas. Vous êtes dans une gare de marchandises et loin des voies à grande circulation. Mieux vaut que vous ne bougiez pas avant d'en avoir reçu l'ordre... Ce brouillard est à couper au couteau.

— Encore heureux que j'aie abouti là, dit le mécanicien. (Il interpelle son chauffeur.) Eh, Alfred ! Nous avons abouti dans un dépôt de marchandises. Qu'est-ce que tu penses de ça ?

Alfred n'en pense pas grand-chose. En fait, il a l'air de trouver cela extrêmement bizarre. À ce moment, l'employé qui est dans la voiture de queue arrive et se joint à la conversation. Lui aussi, il estime ce changement de route des plus étranges.

— Il y a quelqu'un qui a cafouillé avec les aiguillages, grommelle-t-il. Nous voilà bloqués ici toute la nuit au moins, et moi, on m'attend pour dîner.

— Bah ! si le brouillard se lève, tu prendras au moins ton petit déjeuner chez toi, dit le mécanicien d'un ton consolant.

Mais l'employé n'en est pas persuadé. Il a la mine sombre. Le chauffeur aussi.

— En attendant, les gars, venez donc dans notre baraque, propose René. Il y fait bon et vous pourrez avoir du café chaud. Je me charge de téléphoner aux gendarmes pour les prévenir. Ne vous en préoccupez pas.

— Qui êtes-vous ? demande l'employé.

— Qui ? Moi ? J'ai la responsabilité du dépôt de marchandises, réplique René le plus faussement du monde. Ne vous inquiétez pas. Vous avez eu de la chance d'aboutir ici. Je parie qu'on vous dira d'y passer la nuit. Il faudra que je vous trouve un endroit où coucher.

Ils disparaissent tous dans le hangar. Une lueur danse bientôt derrière la vitre. Pierre se risque bravement jusqu'à la fenêtre et voit les quatre hommes installés autour d'un ancien poêle à pétrole sur lequel une bouilloire a été mise à chauffer.

Puis les événements se précipitent. Zeb part en reconnaissance le long du train pour trouver la voiture à la bâche marquée en blanc. C'est le septième, ainsi qu'il l'indique à ses complices.

— Il faut maintenant amener le camion à côté du train, dit-il. Heureusement, c'est goudronné jusque-là. Nous n'aurons pas trop de chemin à faire. Tant mieux, parce que c'est lourd.

Il met le moteur en marche. Le camion avance lentement et vient se ranger à quelque distance de ce qui doit être la septième voiture, à l'autre bout de la cour du dépôt. Les quatre garçons traversent la cour à leur tour, dissimulés par le brouillard, pour observer ce qui se passe.

Les hommes détachent la bâche à la lueur d'une lanterne. Elle est bientôt entièrement soulevée. Jacques aperçoit la peinture blanche qui balafre un des coins.

Ho ! Hisse ! Les hommes commencent à soulever, tirer, porter les marchandises pour les transférer dans le camion. Qu'est-ce que c'est ? Les garçons ne le voient pas.

— Probablement des feuilles de plomb, chuchote Colin. Pierre. Quand est-ce qu'on appellera la police ? Tu ne crois pas que c'est le moment ?

— Si. Venez, il y a certainement un téléphone dans le petit bâtiment en brique qui est là-bas. L'une des fenêtres est ouverte. On pourra y entrer très facilement. Où est Moustique ? Ah ! te voilà. Pas de bruit, hein, mon vieux !

Moustique s'est conduit comme un petit ange à quatre pattes. Il n'a pas émis le moindre aboiement, le moindre gémissement, bien qu'il ait été très étonné par les va-et-vient bizarres de la soirée. Il trottine sur les talons de Pierre sans broncher quand il s'en va téléphoner avec ses trois amis.

Il leur faut passer à côté du camion. Pierre s'arrête et tend attentivement l'oreille. Il n'y a personne dedans. Les hommes s'occupent toujours à vider la septième voiture.

À la grande stupéfaction des trois autres, il bondit dans la cabine et en redescend aussitôt avec la même rapidité.

— Qu'est-ce que tu fabriques ? chuchote Jacques.

— J'ai enlevé la clef de contact ! déclare Pierre triomphalement. Maintenant le camion ne peut plus démarrer.

— Ça, c'est astucieux ! s'écrient les autres, admiratifs devant cette présence d'esprit.

Ils se dirigent vers le bâtiment en brique. La porte en est fermée à clef, mais comme l'a remarqué Pierre, une des fenêtres est restée entrouverte. Manœuvrer la crémone est un jeu d'enfant. Et voilà Pierre à l'intérieur. Il promène le faisceau de sa lampe de-ci, de-là pour trouver le téléphone.

— Ah !... Il est là. Bon.

Il éteint sa lampe et soulève le combiné. Il compose le numéro de la gendarmerie. Deux secondes plus tard, une autre voix résonna dans l'écouteur :

— Allô !

— Est-ce que le capitaine est là ? questionne Pierre d'un ton pressant. Pouvez-vous le prévenir que Pierre aimerait lui parler le plus vite possible, s'il vous plaît ?

Ce message est immédiatement transmis au capitaine qui se trouve dans la pièce. Il s'empare aussitôt du téléphone.

— Allô ! Pierre qui ? Ah ! Pierre, bien. Qu'est-ce qui se passe ?

— Je ne peux pas vous raconter tout en détail maintenant, mais le train de marchandises de cinq heures cinquante-huit a été dévié sur la voie de garage jusqu'au dépôt. Et il y a des hommes qui déchargent le plomb transporté dans une des voitures pour le mettre dans un camion. Je crois que c'est un certain Charlie-Filou qui dirige les opérations.

— Charlie-Filou ! Charl... Comment êtes-vous au courant de son existence, vous ? Bon, ne perdons pas de temps, j'envoie tout de suite mes hommes. Faites attention, ces gars-là sont dangereux. Charlie-Filou... Ça alors !

chapitre 18

« Vive le Clan des Sept ! »

La police arrivera-t-elle un jour ? Le temps paraît long aux quatre garçons. Ils sont si énervés qu'ils ne tiennent pas en place. Pierre décide d'aller voir ce que fait le gang.

Il traverse la cour sur la pointe des pieds et s'approche du camion. Tout est sombre et silencieux. Il continue à avancer et... se cogne contre quelqu'un qui est immobile à côté.

Ce quelqu'un pousse un cri et le saisit par le bras.

— Eh, là ! Qui est-ce ? Qu'est-ce que vous fabriquez ici ?

Une lumière l'éblouit. La voix de Zeb s'exclame :

— Tiens ! Le gosse qui posait tant de questions... Qu'est-ce que tu veux, hein ?

Il secoue Pierre avec une telle vigueur que celui-ci trébuche. Alors Moustique attaque l'ennemi à revers.

— Grrr !

Il s'élance et plante ses dents dans le mollet de Zeb qui hurle. Deux de ses acolytes accourent.

— Qu'est-ce qu'il y a ? Qu'est-ce qui se passe ?

— Un gamin... et un chien, marmonne Zeb. Mieux vaut ne pas perdre de temps. Vous avez fini de décharger ? Ce gosse va peut-être donner l'alarme.

— Où est-il ? Pourquoi ne l'as-tu pas empêché de partir ? rouspète un des hommes.

— Le chien m'a mordu et j'ai été obligé de lâcher l'enfant, dit Zeb en se massant la jambe. Ils ont disparu aussitôt dans le brouillard. Vite, dépêchons-nous. Je ne suis pas très tranquille maintenant.

Pierre est retourné vers les autres comme une flèche, le cœur battant d'avoir échappé de si peu à l'ennemi. Il se penche pour caresser les oreilles de Moustique.

— Tu es un brave chien, oui, mon vieux, murmure-t-il.

Moustique remue la queue, satisfait de la caresse et du compliment. Il ne comprend pas du tout pourquoi Pierre l'a amené dans un endroit aussi désert par un temps pareil, mais peu lui importe. Il lui suffit d'être avec son maître.

— Alors, les gendarmes, ils arrivent bientôt ? chuchote Colin qui frissonne de froid autant que d'énervement.

— Je l'espère, chuchote le chef du Clan. Ah !... Écoutez... voilà leur voiture... Non, il y en a deux.

On entend nettement le moteur de deux voitures qui avancent sur la route aboutissant au dépôt de marchandises. Elles progressent lentement à cause du manque de visibilité. Par temps clair, elles seraient là depuis longtemps.

Elles pénètrent dans la cour et freinent. Pierre court à la première. Elle est conduite par le capitaine qui amène avec lui quatre gendarmes. Des policiers en civil jaillissent de la seconde.

— Vous arrivez à point ! s'écrie Pierre. Leur camion est là-bas. Ils ont fini de le charger maintenant. Vous les attrapez juste au bon moment.

Les policiers courent vers la masse sombre que représente le camion noyé dans le brouillard. Zeb, René, Charlie-Filou et leurs acolytes se sont entassés dans la cabine avant, mais Zeb a beau s'user les yeux à regarder partout, il ne trouve pas la clef de contact.

— Dépêche-toi de mettre le moteur en marche ! ordonne Charlie. Voilà la police. Fonce si on veut nous barrer le chemin.

— La clef de contact a disparu. Elle a dû tomber, se lamente Zeb en examinant le plancher sous le volant à la lueur de sa lampe.

Mais ses recherches sont bien inutiles, évidemment, puisque cette clef est tout au fond de la poche de Pierre.

Les policiers encerclent le camion.

— La partie est perdue, Charlie, déclare la voix sévère du capitaine. Rendez-vous ! Vous voilà pris sur le fait !

— Vous en auriez été pour vos frais si nous avions réussi à bouger ce camion ! s'écrie Zeb avec fureur. Qui a la clef, hein ? J'aimerais le savoir.

— C'est moi, lance Pierre. Je l'ai enlevée pour que vous ne puissiez pas partir avec le camion.

— Bravo. Bien joué ! s'exclame un des gendarmes avec admiration en donnant à Pierre, ravi, une claque amicale sur l'épaule.

Le brouillard se dissipe peu à peu et, grâce aux nombreuses lampes de poche des assistants, on y voit presque clair. Le mécanicien, le chauffeur et le préposé à la garde du train surgissent du hangar, se demandant ce qui se passe. Ils sont restés jusque-là à se chauffer en jouant aux cartes pour passer le temps. Zeb a veillé à leur confort !

La bande n'offre aucune résistance. Ce serait d'ailleurs bien inutile étant donné sa nette infériorité en nombre. Les voleurs sont embarqués dans les voitures de police qui s'éloignent à une allure plus rapide, cette fois, puisque le brouillard s'est levé.

— Je rentre à pied avec vous, déclare gaiement le capitaine aux quatre garçons. Il n'y a plus de place pour moi dans les voitures. Elles sont au complet !

Il recommande au mécanicien de téléphoner d'urgence à ses chefs pour les prévenir et le laisse, muet de stupeur, avec ses camarades non moins surpris, s'occuper de leur train comme ils l'entendront.

Puis il s'en va avec les membres du Clan chez Pierre. Quand elle ouvre la porte, la mère de ce dernier est très étonnée de se trouver en présence des quatre garçons accompagnés du capitaine.

— Oh ! Qu'ont-ils encore fait comme bêtises ? s'écrie-t-elle. Un gendarme est passé justement se plaindre tout à l'heure que Pierre s'était promené l'autre jour sur la voie avec ses camarades. Ne me dites pas qu'il a fait quelque chose de mal !

— Eh bien, je dois avouer qu'il s'est encore promené sur la voie, réplique le capitaine avec un large sourire. Mais cette fois, il a très bien agi, je vais vous raconter cela.

Et devant une Jeannette folle d'enthousiasme, il relate à la mère de Pierre ce qui s'est passé.

— Si bien que nous avons enfin réussi à mettre la main sur Charlie-Filou, conclut-il. C'est le chef de la bande qui volait les marchandises dans les trains de la région. Un bandit très intelligent... mais pas autant que les Sept !

Le capitaine quitte la maison d'excellente humeur. Les Sept ont une fois de plus gagné son admiration. Après son départ, Pierre déclare à ses camarades d'un ton solennel, démenti par ses yeux pétillants de malice :

— Demain, le Clan se réunira... et on invitera les Cinq à se joindre à nous.

— Pourquoi ? s'écrie Jeannette surprise.

— Simplement pour pouvoir leur expliquer comment les Sept débrouillent une aventure... et pour les remercier de nous avoir procuré celle-là !

— Ah ! Suzie en sera malade ! s'exclame Jacques.

— Peut-être pas tout à fait, dit Jeannette, mais les Cinq n'oseront plus se montrer nulle part après ça. Ce sera la fin de leur Club.

— Et vive le Clan des Sept ! lance aussitôt Jacques. Un grand hourra pour nous... Hip ! hip ! hip ! hourra !

**Quel nouveau mystère
le Clan des Sept
devra-t-il résoudre ?**

**Pour le savoir,
regarde vite la page suivante !**

Pierre, Jeannette et les autres sont prêts à mener l'enquête

Dans le prochain tome de la série : **Le Clan des Sept et les bonshommes de neige**

C'est la fin des vacances de Noël et pas le moindre petit bout de mystère à éclaircir ! Que va devenir le Clan des Sept ? Il ne leur reste plus qu'à construire des bonshommes de neige... Et si ce jeu innocent marquait justement le début d'une formidable aventure ?

Pour connaître la date de parution de ce tome, inscris-toi vite à la newsletter du site : www.bibliotheque-rose.com

Retrouve Le Clan des Sept
toute l'année !

Le Clan des Sept va au cirque en septembre

Le Clan des Sept à la Grange-aux-Loups en novembre

Le Clan des Sept et les bonshommes de neige en décembre

Tu aimes Le Clan des Sept ?

Découvre vite les autres séries des Classiques de la Rose aux pages suivantes !

Le Club des Cinq

1. Le Club des Cinq et le trésor de l'île

2. Le Club des Cinq et le passage secret

3. Le Club des Cinq contre-attaque

4. Le Club des Cinq en vacances

5. Le Club des Cinq en péril

6. Le Club des Cinq et le cirque de l'Étoile

7. Le Club des Cinq en randonnée

8. Le Club des Cinq pris au piège

9. Le Club des Cinq aux sports d'hiver

10. Le Club des Cinq va camper

11. Le Club des Cinq au bord de la mer

12. Le Club des Cinq et le château de Maucl

13. *Le Club des Cinq joue et gagne*

14. *La locomotive du Club des Cinq*

15. *Enlèvement au Club des Cinq*

16. *Le Club des Cinq et la maison hantée*

17. *Le Club des Cinq et les papillons*

18. *Le Club des Cinq et le coffre aux merveilles*

19. *La boussole du Club des Cinq*

20. *Le Club des Cinq et le secret du vieux puits*

21. *Le Club des Cinq en embuscade*

22. *Les Cinq sont les plus forts*

23. *Les Cinq au cap des Tempêtes*

24. *Les Cinq mènent l'enquête*

L'Étalon Noir

L'Étalon Noir

Le retour de l'Étalon Noir

Le ranch de l'Étalon Noi

Le fils de l'Étalon Noir

L'empreinte de l'Étalon Noir

Fantômette

Les exploits de Fantômette

Fantômette et le trésor du pharaon

Fantômette et l'île de la sorcière

Fantômette et son prince

Fantômette et la maison hantée

Fantômette contre le géant

Les Six Compagnons

1. *Les Six Compagnons de la Croix-Rousse*

Pauvre Tidou ! Non seulement il doit déménager à Lyon, mais en plus son père lui interdit d'emmener Kafi, son chien adoré. Heureusement, dès la rentrée, il fait la connaissance des Compagnons de la Croix-Rousse, et la bande décide de l'aider ! Seulement ce n'est pas si simple, de faire venir un chien-loup en secret. Pas sans risques, non plus...

2. *Les Six Compagnons et l'homme des neiges*

Cet hiver, les Compagnons partent en classe de neige ! Vive les randonnées et les descentes à ski ! Mais à peine arrivés à Morzine, Tidou et ses amis font une découverte inquiétante : une fillette recroquevillée dans la neige, au pied d'un sapin. Son petit corps est immobile et glacé... Que lui est-il arrivé ? Pour les Compagnons, un seul moyen de le savoir : il faut mener l'enquête !

3. *Les Six Compagnons et le mystère du parc*

Les Six Compagnons passent l'été à Valence. Au cours d'une promenade dans un parc, ils font la connaissance d'un sympathique clochard. Mais dès le lendemain, une terrible rumeur envahit la ville : un enfant aurait été enlevé, en pleine nuit... et pour la police, il n'y a aucun doute : le nouvel ami des Six Compagnons est le suspect numéro un !

Un accident de voiture, un homme
évanoui, et, quelques mètres plus loin,
une montre cassée... pourtant le conducteur porte
toujours la sienne. Bizarre !
Y avait-il une autre personne à bord ?
Les Six Compagnons disposent d'un seul indice :
la montre est de marque anglaise.
Et si la solution se trouvait à Londres ?
La bande n'hésite pas et saute dans le
premier avion pour l'Angleterre !

4. Les Six Compagnons
à Scotland Yard

5. Les Six Compagnons
au village englouti

Quand ils arrivent à Maubrac, où ils ont loué une
maison, les Compagnons ont une mauvaise surprise :
le lac a été asséché ! Mais, au fond du bassin,
ils découvrent les ruines d'un ancien village...
Que cachent ces pierres, englouties depuis tant
d'années ? Et que cherchent les rôdeurs qui s'y
aventurent la nuit ? Pour le savoir, il n'y a qu'une
solution : mener l'enquête !

Les Six Compagnons trouvent une bouteille sur
la plage normande. À l'intérieur, un inquiétant
appel au secours : « S.O.S. Saint-Marcouf ».
Quelqu'un est en danger, sur une île au large !
Pour les Compagnons, pas d'hésitation :
contre vents et marées, ils embarquent pour
une nouvelle enquête !

6. Les Six Compagnons
et la bouteille à la mer

La Comtesse de Ségur

Les Malheurs de Sophie

Les Petites Filles Modèles

Les Vacances

Le Général Dourakine

Après la pluie le beau temps

Mémoires d'un âne

Quel Amour d'Enfant !

François le bossu

Un bon Petit Diable

Les bons enfants

Les Deux Nigauds

Jean qui grogne et Jean qui rit

Nouveaux Contes de Fées

Le mauvais génie

L'auberge de l'Ange-Gardien

Table

1. Dernière réunion du Clan....................9
2. Pas avant les vacances de Noël ?..........17
3. Le « Club des Cinq »..........................23
4. La parole est à Suzie !........................31
5. Jacques donne l'alerte........................37
6. Suzie triomphera-t-elle ?....................45
7. La Grange-aux-Loups..........................51
8. Minutes d'angoisse...........................57
9. Un message mystérieux........................63
10. Convoquer le Clan !..........................73
11. Un problème ardu.............................79
12. Qui a une bonne idée ?.......................87
13. Amusette... et trait de génie !...............93
14. Une agréable surprise........................103
15. Un après-midi mouvementé..................111
16. Jour « J »......................................119
17. Sur la voie de garage........................125
18. « Vive le Clan des Sept ! »..................133

« Pour l'éditeur, le principe est d'utiliser des papiers composés de fibres naturelles, renouvelables, recyclables et fabriquées à partir de bois issus de forêts qui adoptent un système d'aménagement durable. En outre, l'éditeur attend de ses fournisseurs de papier qu'ils s'inscrivent dans une démarche de certification environnementale reconnue. »

Composition JOUVE – 45770 Saran
N° 653540D

Imprimé en Roumanie par G. Canale&C. S.A.
Dépôt légal : novembre 2011
20.20.2578.1/01 - ISBN 978-2-01-202578-3

Loi n° 49-956 du 16 juillet 1949
sur les publications destinées à la jeunesse.